속터지는
충청말

아르코문학창작기금 수상작가 작품집

속터지는
충청말

2019년 11월 25일 초판 제1쇄 발행
2021년 9월 27일 초판 제2쇄 발행

지은이 　 이명재
그린이 　 소현우
펴낸이 　 강봉구

펴낸곳 　 작은숲출판사
등록번호 　 제406-2013-0000801호
주소 　 10880 경기도 파주시 신촌로 21-30(신촌동)
전화 　 070-4067-8560
팩스 　 0505-499-8560
홈페이지 　 http://cafe.daum.net/littelf2010
블로그 　 http://littlef2010.blog.me
이메일 　 littlef2010@daum.net

ISBN 979-11-6035-073-9 　 03810
값은 뒤표지에 있습니다.

※이 책은 <2015 아르코문학창작기금>을 지원받아 제작되었습니다.

듣다보면 속터지는
알고보면 눈물나는

속터지는 충청말

이명재 지음

작은숲

차례

제2부 말강구와 되강구

제3부 험데기 벳기기

제4부 깡통에 보리방구

개 혀?

충청도 사람들은 말이 짧다. 주
변의 상황이나 맥락을 설명하지 않고 화두만 툭 던져 놓는다. 인터
넷이나 SNS에 널리 퍼진 충청말 '개 혀?'를 보면 분명하다.

"개 혀?"

이렇게 묻는다면 사람들은 선뜻 알아듣지 못한다. 여러 가지로
해석이 가능하기 때문이다. 충청도 사람이라면 상황을 대뜸 파악
하지만 보통은 황당하다.

"개괴기 허남?"

요건 좀 쉽다. 사람들은 금방 고개를 끄덕인다. '개고기를 먹을
줄 아느냐?'로 듣는 것이다. 그런데 이건 전혀 아니다. 충청도 사람
이 왜 뜬금없이 개고기를 먹을 줄 아느냐고 묻겠는가?

충청도 사람들이 '어떤 음식을 먹을 줄 아느냐?'고 물을 때는 대개 점심이나 저녁 시간이다. 상황을 고려하면 이 말은 의문문이 아니라 청유문이다. '개고기를 먹을 줄 안다면 나랑 보신탕을 먹으러 가자.'는 말이다. 그리고 그 말 속에는 '내가 보신탕을 사줄 의향이 있다.'는 친근함과 선의를 내포하고 있다.

"그려."

충청도 사람들은 대답도 간단하다. 그런데 물음에 대한 답이 이상하다. 표준말식의 대화라면 '개고기 먹을 줄 알아?'에 맞춰 '응, 먹을 줄 알지.'가 돼야 한다. 그런데 '먹을 줄 안다.'가 아니라 '그려.'라니, 뭐가 그렇단 말인가?

이는 듣는 이가 상대방의 의도를 이해하고 답한 것이기에 가능한 것이다. 충청도 사람들은 '개 혀?'를 '내가 보신탕을 살 테니 함께 가세.'로 알아듣는다. 그러니 당연히 '그려.'하고 대답하게 된다. 형식에 대한 답이 아니라 의미에 맞게 대화가 이루어지는 것이다.

"못 혀."

이는 식사 제안에 대한 거절이다. 그런데 이것도 이상하다. 긍정의 대답에 '그려.'라고 했으니 거절에는 '싫어.'가 돼야 한다. 이 말을 들은 사람들이라면 '저 사람은 개고기를 먹지 못하는구나.'라고

생각하게 된다. 그런데 이는 천만에 만만에 콩떡이다. 충청도 사람들의 '못 혀.'는 개고길 못 먹는다는 말이 아니라, '점심 초대는 고맙지만 함께 못할 만한 사정이 있다네. 참 미안하네.'의 뜻이다.

만약 '싫어.'라고 대답했다면 문제가 커진다. 이는 식사 제안에 대한 단순한 거절이 아니라, '너랑은 밥 같이 먹을 생각 없다. 난 네가 싫다.'가 되기 때문이다. 선의로 식사를 제안했다가 이런 대답을 들은 이는 기분이 나쁘다. 이후 그는 등을 돌릴 것이다. 그리고 다시는 밥 사겠다는 말을 하지 않을 것이다.

충청도 말의 특징 가운데 하나는 상황을 지워내는 절제와 함축이다. 그래서 말이 짧고, 그래서 말뜻을 제 맘대로 재단해선 안 된다. 상대방의 의도에 맞춰 퍼즐을 맞춰갈 때 정확한 말뜻이 파악되고, 그럴 때에 소통은 가능해진다. 때로는 의중을 파악하기 힘들 때도 있지만, 그런 만큼 상대를 이해하기 위한 노력과 배려가 따른다.

이러한 충청 어법은 공동의식과 연대의식을 바탕으로 한다. 언어의 형식보다는 서로를 보듬는 공감의 의미가 중요하다. 이런 까닭에 충청의 언어는 상대에게 상처를 남기지 않는다. 나만을 생각하는 이기와 아집에서 벗어나 타인과 나를 함께 생각한다. 천천

히 생각하고 보듬어주는 역지사지의 눈빛에서 피어나는 격조,
그것이 충청도말이 지닌 매력이다.

제1부

지렁이는 힘이 세다

지렁이의 매운 맛!

서울 '지렁이'가 충청도에 나들이 오면 '지렁이'가 된다. 서울 '구렁이'는 충청도에 내려와 '구렁이'가 되고, 서울 '뚱뚱이'는 충청도에 와 '뚱뗭이'가 된다. 충청도 말옷이 그렇다. 서울말은 남쪽으로 내려오면서 말옷을 갈아입는다. 한강을 헤엄쳐 내려온 '지렁이'는 수원이나 오산쯤 이르러 '지렝이'로 변신하였다가 천안에 도착할 즈음엔 '지렝이'가 된다. 충청도 말옷은 빳빳하게 다림질한 멋진 옷이 아니라 입기 편하고 말하기 편한 옷이다. 식자들은 이런 충청도의 말옷을 '전설모음화前舌母音化'라 부르기를 좋아한다.

'지렁이도 밟으면 꿈틀한다.'라는 말이 있다. 힘없고 하찮은 것

14

도 사뭇 괴롭히면 욱! 하고 한 성깔 낸다는 말인데, 한 자락 깔린 밑바닥 사정을 들여다보면 지렁이는 그 힘없고 하찮은 미물이 된다. 어릴 적 어른들의 말을 생각하면 더욱 그런 듯하다.

1970년대, 우리나라에 산업화가 시작되면서 수많은 농촌 젊은이들이 도회지로 도회지로 떠나갔다. 쟁기며 삽이며 운명처럼 등짝에 붙어있던 지게를 내던지고 무작정 서울로 향하던 시절, 아무런 준비도 없이 맨몸으로 떠나가는 젊은이를 한탄하며 농촌의 어르신들은 지렁이를 얘기하곤 했다.

"지렁이 용꿈 꾸고 용틀임 혀봐야 질바닥이 올러와 말러 죽기배끼 더 허겄냐? 개천이 미꾸락지 잉어 되겄다구 용써 봤자 논둑에 구녕이나 뚫어놓넌 웅어배끼 더 되겄냐? 송칭이는 솔잎사굴 뜯넌 거구 눼는 뽕잎사굴 먹으매 사넌 겨. 농사배끼 물르던 눔이 지 분술 물르구 농사처 집어던지구 도회지 가 봤자 도회지 시궁창에 지렁이 노릇배끼 못허넝 겨, 이눔아!"

말려도 말려도 도회지로 떠난 그 수많은 농촌의 지렁이들이 도회지의 시궁창과 개천에서 용틀임하여 이 나라 산업화의 초석이 되었거나 말았거나, 아무튼 지렁이는 예전부터 힘없고 빽없는 미물이었지만 적어도 내게는 꼭 그렇지만은 않았다.

그러니까 내가 초등학교 2학년 여름방학 때였다. 식구들이 모여 앉아 아침밥을 먹고 있는데 할머니가 이상한 말을 꺼냈다.

"아랫집 영수 말여. 어제니 지렁이헌티 쐤다너먼. 꼬추가 팅팅 뷔서 아퍼 죽겄다구 어젯밤이 난리를 폈댜."

나는 깜짝 놀랐다.

"아니, 영수 엉아가 지렁이헌티 쐤다구유? 쐐기두 아니구 벌두 아닌디 오티기 지렁이가 사람을 쏜대유?"

"하하, 그려. 꼬추가 주먹 만허게 뷔서니 밤새 꼬추를 붙잡구 울다 잠들었댜."

나는 할머니 말을 당최 이해할 수가 없었다. 그래서 아버지에게 꼬치꼬치 캐물었다. 그때 아버지가 들려준 말은 대강 이러했다. 퇴비장에나 수채구멍에 사는 작은 지렁이는 쏘지 않지만 손가락 만하게 큰 지렁이는 사람을 쏘기도 한다는 것이었다. 큰 지렁이에게 오줌을 누면 지렁이가 쏘아 꼬추가 주먹 만하게 부어오르고 무지무지 아프게 된다는 것이었다.

나는 도저히 아버지 말을 믿을 수가 없었다. 지렁이가 꼬추에 달라붙어 입으로 문다고 해도 말이 안 되는데, 땅에 기어다니는 지렁이가 어떻게 꼬추를 쏜다는 말인가? 더구나 서서 오줌을 누는데, 어떻게 지렁이가 하늘에 떠 있는 꼬추를 아프게 할 수 있단 말인가? 말도 안 되는 소리 같은데, 할머니나 아버지의 말뽄새를 생각하면 농으로 하는 말 같지도 않았다.

점심때가 지나자 아랫집 영수 형이 우리 집으로 마실을 왔다. 나는 궁금하던 차라 대뜸 그것부터 물었다.

"성, 어제니 지렁이헌티 꼬추 쐤다매?"

"…."

"지렁이헌티 쐤서 꼬추가 주먹 만허게 봤다매?"

"…."

얼굴을 들이밀며 따지듯 묻는 내 말에 영수 형은 끝내 말이 없었다. 대신 얼굴이 시뻘겋게 물들고, 찌그러진 입술이 한 마장쯤 앞으로 튀어나왔다.

그날 밤은 참 비가 많이 내렸다. 아침에 일어나니 오줌보가 땡땡하게 부풀어 있었다. 싸립문을 지나 뒷간으로 달려가는데, 젓가락만한 지렁이 한 마리가 돌담 밑에 나와 있었다. 나는 문득 발걸음을 멈추었다. 발아래에서 지렁이가 오줌을 깔겨 보라고 꿈틀꿈틀 시위를 하였다. 주위를 살펴보니 아무도 없었다. 나는 괴춤을 내리고 지렁이에게 물총을 쏘기 시작했다. 밤새 누지 못한 오줌 줄기가 제법 세찼다. 뜨거운 오줌 줄기를 오래도록 퍼부으며 혹시라도 쐐기처럼 벌처럼 따끔한 아픔이 꼬추에 전해지지나 않을까 불안했지만, 그것은 역시 쓸데없는 걱정이었다.

"아부지, 지렁이가 오티기 꼬추를 쏴유? 지가유. 식전이 뒷간 가다 큰 지렁이헌티 오줌을 눴넌디유. 한참 지났넌디 암시렁두 않유. 지렁이가 꼬추 쏜다넌 건 다 그짓말인 규."

아침을 먹으며 나는 지렁이한테 오줌 눈 일을 떠벌렸다. 식구들은 나를 쳐다보았지만 특별한 반응을 보이지는 않았다.

점심을 먹고 오후가 되어도 내 꼬추엔 아무런 이상이 없었다. 때는 궂은 날씨의 여름방학이었다. 할 일이 없던 나는 방안에 드러누워 낮잠을 잤다. 저녁 무렵이 다 되어 일어나자 오줌보가 다시 차올랐다. 뒷간까지 가기가 싫어 나는 뒷담벼락에 오줌을 싸기로 했다.

바지를 내렸지만 오줌보가 너무 차서인지 오줌이 나오지 않았다. 아랫배에 힘을 주자 그때서야 오줌 줄기가 터져 나왔다.

"앗, 따거!"

오줌이 튀어나오는 순간, 갑자기 바늘에 찔린 것처럼 꼬추 끝이 아려왔다.

"혹시, 지렁이헌티 쐰 거?"

오줌이 하도 마려워 오줌 줄기는 쏟아지는데, 꼬추 끝이 따갑고 꼬추 속까지 아려오는 데는 견디기가 힘들었다. 다리를 오그려 비틀고 바지춤을 움켜쥐고 다리를 꼬다 보니 오줌발이 앞자락으로 마구 튀었다. 일을 끝내고 살펴보니 꼬추 끝이 벌겋게 부풀어 있었다.

나는 조심스럽게 바지춤을 올리고 저녁상을 맞았다. '지렁이가 어떻게 꼬추를 쏠 수 있느냐?'며 큰소리친 일이 부끄러워 지렁이에게 쏘였다는 말을 아무에게도 하지 못했다.

'지렁이헌티 쐰 꼬추가 낼 아침인 주먹만 해질 겨. 그리구 무지 아플 겨. 이를 오쩌지?'

그날 밤 잠이 들면서도 나는 불안했다. 그리고 다음 날 아침, 나는 일어나자마자 바지춤 속의 꼬추부터 들여다보았다. 그러나 다행히도 내 꼬추는 어젯밤보다 작아져 있었다.

돌덤불 속에서 독을 품으며 살아가는 맹독의 지네를 우리는 두려워한다. 그러나 그 지네를 쫓아가 잡아먹는 지렁이는 알지 못한다. 흙 속에 숨었다가 돌 밑으로 지나가는 지네의 꼬리에 독을 뿜고는, 지네 몸속의 육즙을 빨아들이는 지렁이를 우리는 기억하지 않는다. 흙속에 겉껍데기만을 남기고 죽어간 지네의 시체를 보면서도 우리는 그게 지렁이의 소행임을 생각하지 못한다.

지렁이에게 쏘인 뒤로 내게 지렁이는 특별했다. 그것은 밟으면 꿈틀거릴 줄이나 아는 미물이 아니라, 오줌을 싸면 그 줄기에 독을 쏘아 올리는 성깔 사나운 짐승이었다. 우리가 사는 세상 이치도 이와 같은 것이다. 물러터지고 길 줄밖에 모르는 것 같아도 자기를 지키는 보호막, 상대를 공격하는 가시 하나쯤 감추고 살아가는 것이 생명의 본질이다. 함부로 오줌 내갈기지 말자, 우리 살아가는 동안에는. 적어도 살아 있는 생명에게는.

꿩은 머리만 섶에 박는다

'꿩'을 충청지방에서는 '꾸엉'
이라 한다. 표준말이 짧게 '꿩'이라 발음되는 것과는 차이가 있는
것이다. '꿩'의 옛말은 '꿩'이다. 옛날에는 이중모음이 정확하게 발
음되었으니 현대의 발음이라면 '꾸엉^{꾸엉}'이 된다. 충청말 '꾸엉'은
옛 소리를 그대로 이어오고 있는 것이다. 이 '꾸엉'이 표준말의 영
향을 받아 지금 '꿩'으로 인식되고는 있지만, 충청도에서는 여전히
'꾸엉'이라 말한다.

전해지는 속담에 '꿩 잡는 게 매', '꿩은 머리만 섶에 박는다.'라
는 말이 있다. 이 두 속담을 살펴보면 하늘을 날던 매가 어떻게 꿩
을 잡는가에 대한 해답을 얻을 수 있다.

지금은 산골을 떠나 읍내에 살아서인지, 하늘을 돌며 먹잇감을 노리는 매를 보지 못한다. 그렇지만 산골에 살던 어릴 적에는 매를 보는 일이 어렵지 않았다. 매가 하늘에 뜨면 병아리를 닭장에 몰아넣기도 하고, 빙빙 하늘을 도는 매를 바라보면서 그 매끄러운 비행을 부러워하기도 했다.

　매의 먹이 중 가장 큰 짐승이 토끼와 꿩이라 했다. 하늘을 날다가 토끼를 발견하면 순식간에 낚아챈다고 했다. 예전엔 온통 민둥산이어서 달아나는 토끼가 쉽게 표적이 되었고, 나무 사이로 빠르게 떨어져 날아내리는 매를 토끼가 피하기는 쉽지 않았을 것이다.

　그런데 나는 궁금했다. 어떻게 매가 꿩을 잡을까? 꿩은 하늘을 날고 땅 위를 아주 빠르게 기어 달린다. 산속을 빠르게 기어 달아나는 꿩을 보면 매에게 도저히 잡힐 것 같지 않았다. 그래서 나는 아버지에게 물은 적이 있다. 아버지는 빙긋 웃으며 말했다.

　"매헌티 쬐기던 쟁끼는 도망허다가 머리만 섶이다 박기 때민이여. 매가 낮게 날어 쫓어오믄 꿩이 겁을 먹구는 나뭇가쟁이 새나 풀 섶이다 머리만 꽂어늘넌 겨. 몸통은 그대로 두고 머리만 박고 꿈쩍도 않구 있다가니 매헌티 쟵히넌 거지."

　꿩이 매에게 잡히는 까닭은 꿩의 습성 때문이라는 것이다. 매에게 표적이 된 꿩은 달아나다가 날아오른다. 그러나 꿩은 오래 날지 못하고 다시 숲으로 내려온다. 큰 몸통으로 느리게 나는 것으로는 날렵한 매를 감당하지 못하기 때문이다. 숲으로 내려온 꿩은 기어서 달아난다. 달리기로는 매가 꿩을 당할 재간이 없다. 그래서 꿩이

숲 사이를 뚫고 지그재그로 계속 도망치면 잡힐 까닭이 없다. 그런데 꿩은 일직선으로 앞으로만 달린다. 그러다가 풀섶이나 잔 나뭇가지가 앞을 가로막으면 그대로 머리를 처박아 넣고는 꼼짝 않는다.

어릴 적의 여름날, 나는 이웃집 수탉을 괴롭힌 적이 있었다. 멍석에 널어놓은 보리 알갱이를 이웃집 수탉이 자꾸만 헤집어댔다. 조용히 낟알만 찍어 먹는 것이 아니라, 두 발로 헤집으며 쪼아 먹으니 보리 알갱이들이 마구 멍석 밖으로 튀어나갔다. 몇 번인가 쫓았지만, 조금 달아나다가는 되돌아와 다시 곡식을 헤집었다. 그 수탉을 막느라 제대로 놀 수가 없었다. 화가 난 나는 수탉을 호되게 때려주기로 했다. 수탉이 상하면 안 되니 작대기로 후릴 수는 없고, 대신 싸리 빗자루를 들고 수탉을 쫓아갔다.

수탉은 꼬꼬꼬꼬 온몸을 흔들며 달아났다. 나는 우리 집 마당을 지나 이웃집 영배 형네 마당으로 쫓아가고, 수탉은 영배 형네 마당을 지나 인관이 형네 마당으로 달렸다. 내가 죽도록 쫓아가니 수탉도 어지간히 겁났던 모양이다. 그때 인관이 형네 마당가엔 보리타작을 하고 남겨진 보릿단이 수북이 쌓여 있었다. 달리던 수탉은 점프를 하듯 보릿단 속으로 몸을 날렸다. 그 모습이 어린 나에게는 참으로 가관이었다. 머리만 보릿단 속에 박아 넣고는 꼼짝도 않는 것이었다. 도망가던 내내 내던 꼬꼬 소리도 내지 않고, 몸통은 보릿단 밖에 내놓은 채 죽은 듯이 움직이지 않았다.

그 꼴을 보고 있노라니 때려주고 싶은 마음이 달아나고 웃음이 터져 나왔다. 그때 이웃집 아주머니가 내 모습을 바라보고 있었다.

나는 손가락으로 수탉을 가리키며 말했다.

"아줌니, 이눔 점 봐유. 도망치다 급허니께 보릿단이다 머리만 처박구 있유. 웃겨 죽겄유. 하하"

아주머니도 같이 웃으며 말했다.

"그려, 수탉이 머리가 나뻐서니 그려. 옛말이두 있어. 수탉은 머리만 숭기구 암탉은 몸땡이만 숭킨다구 말여. 꿩두 쟁끼는 머리만 처박구 있다가 매헌티 잽혀멕히구, 까토리는 몸통을 숭기구 머리만 내놓구 있어서니 안 잽혀 먹넌다구 말여. 수컷덜은 다덜 그렇기 머리가 나쁘다닝께. 하하."

아주머니의 말끝이 좀 께름했다.

그 뒤로 나는 암탉을 보면 쫓아다녔다. 여러 번 시도하였으나 암탉을 심하게 쫓아다니는 것도 쉽지 않았고, 암탉들이 달아나는 곳에 풀섶이 가로막는 일도 없었다. 그렇지만 오랜 뒤에 나는 다급한 암탉이 섶에 머리를 박는 것을 보았다. 닭들이 가득한 닭장 안에 급히 뛰어드니 다들 소리를 지르면서 화닥닥 튀어 오르는데, 조그만 암탉 한 마리가 옆에 있던 볏짚에 머리를 처박는 것이었다. 볏단이 단단해서인지는 모르지만 보릿단에 머리를 처박는 수탉이나 별반 다를 것이 없었다. 억지로 차이를 말하자면 수탉은 머리만 처박았지만, 그 암탉은 조금 더 몸을 들이밀려고 애쓰는 정도였다.

시야를 넓게 보지 못하고 머리만 섶에 박는 꿩과 닭, 그것이 암컷이든 수컷이든 상관은 없다. 사람도 남자든 여자든 자기 안에 갇히면 세상을 넓게 보지 못하는 법이다. 나태懶怠의 습성에 나를 내버

23

려 두는 것은 꿩이 머리만 섶에 박는 일과 다름없다. 자신의 깜냥만 믿고 넓은 지혜를 가꿔가지 않는다면 우리의 삶도 매에게 쫓기는 꿩처럼 위태로워질 것이다.

까치밑둥에서 달맞이꽃으로

며칠 동안 낮달이 떴다. 서산으로 해가 흐를 때면 동편 하늘엔 낮달이 하얗게 웃었다. 달력은 이미 8월로 넘어갔는데 음력 6월의 보름달이 하늘 위에 걸려 있었다. 서편엔 붉은 해가 느릿느릿한 기울기로 떨어지고, 동편 하늘엔 보름달이 뽀얀 가슴을 드러내고 있었다. 밤에 보는 보름달이 통통하게 빛난다면 오후의 낮달은 창백하다. 창백한 낮달의 얼굴 위엔 선명한 계수나무가 실핏줄로 그려져 있다. 반쯤은 수심 가득한 어두운 그림자, 반쯤은 하얀 핏줄을 드러낸 보름달이 선명하다.

보름달이 낮달로 빛나는 날은 더 어둡다. 해가 지자 보름달은 하늘 가운데에 빛나다가, 밤이 깊어지자 고요히 멀어져 갔다. 6월의 보름달이 서편으로 기울어버린 밤의 자정, 어두운 귀가의 발걸음 옆에서 나는 땅에 떨어진 수많은 보름달을 보았다. 집 앞 가로등 불빛 아래 노랗게 피어난 달맞이의 꽃밭. 달이 시들자 대궁들은 머리마다 노란 꽃등을 달고 세상을 밝혀주고 있었다. 나는 집 앞에 피어난 보름달들을 바라보다가, 문득 어릴 적의 추억 한 컷을 주워 담았다.

나는 산속의 고새울이란 동네에서 자랐다. 그러다가 아랫마을 초등학교에 입학했다. 집에서 학교까지는 제법 멀어 30분 이상 걸어야 했다. 친구들과 함께 돌아오는 하굣길도 멀었다. 학교 운동장을 가로질러 교문을 나서고, 조그만 길을 따라 걷다가 개울 위로 위태롭게 걸려 있는 나무다리, 그 섶다리를 건너 수백 년 버텨온 은행정의 은행나무를 지나면 길은 외줄기로 산동네 고새울로 이어졌다.

은행정을 지나 고새울로 이어진 1킬로미터 정도의 길가엔 인가가 없었다. 그래서 호젓하기도 하고 지루하기도 하였다. 우리들은 늘어진 하굣길을 뜀박질 시합으로 줄이거나 땅에 퍼질러 흙장난을 했다.

은행정과 고새울 사이엔 개울이 하나 있었다. 장난을 치고 놀기엔 이 갱변 개울가 만한 곳이 없었다. 그곳은 어쩌면 우리들의 놀이터였는지도 모른다. 뒤로는 멀리 지나온 은행정 동네가 보이고 저 앞에는 고새울 동네가 보이는 곳. 그곳에서 봄날이면 우리들은 가끔 까치밑둥을 캐먹었다. 주전부리가 귀했던 시절 탓일까? 아직 찔레순은 돋아나지 않았고, 삘기도 성 성아도 돋아나지 않은 4월이면 까치밑둥만한 주전부리도 없었다.

우리들은 갱변을 뛰어다니다간 개울둑을 뒤져 까치밑둥풀을 찾았다. 아직은 초봄이라 풀들은 누런 겨울옷을 입고 있었다. 그 겨울 풀들을 더듬어가다 보면 아이들 손바닥만한 푸르름이 섞여 있었다. 푸른 잎을 넓게 펼치고 땅바닥에 단단히 몸을 밀착한 까치밑둥풀. 우리들은 막대기를 꺾어 겨우내 키워낸 그 풀뿌리를 캐곤 했다. 까치밑둥은 땅속에 단단히 박혀 있었다. 한참을 씨름해서 뽑아낸 까치밑둥은 어른들의 엄지손가락만 하였다. 갈색 흙이 엉겨 붙은 까치밑둥을 손바닥으로 문지르고 바지에 문지르면 뽀얀 알몸이 드러났다. 우리는 그 뿌리에 침을 발라 남은 흙을 발라내고 씹어 먹었다. 그 맛은 흡사 지난 김장철 배차꽁댕이 ^{배추뿌리}를 씹어 먹는 맛이었다. 생긴 것도 배차꽁댕이였고, 시원한 맛도 비슷했다. 다만, 배차꽁댕이처럼 맵지는 않았다.

시간은 빠르게 흐르고 나는 표준말을 익혀갔다. 그리고 중학교에 들어갈 즈음 내가 뽑아먹던 까치밑둥이 자라 여름밤이면 노란 꽃을 피운다는 것을 알았다. 그 풀이름이 표준말로 달맞이꽃이란 것은 더 훗날에 알았다.

어른이 되고 나는 달맞이꽃을 자주 보았다. 꽃을 피우지 않은 낮에도 나는 쉽게 달맞이꽃을 알아보았다. 밤이면 남들보다 먼저 달맞이꽃의 노란 웃음을 알아차렸다. 그것은 내가 어릴 적에 캐먹던 까치밑둥의 기억 때문이다. 이제는 아무도 까치밑둥을 캐먹지 않고 그 누구도 까치밑둥풀이라 말하지 않는다. 그러나 달맞이꽃을 맞이할 때마다 나는 까치밑둥이 떠오른다. 아무도 푸르름을 꿈꾸지 않는 이른 봄날에 굵고 단단한 알뿌리를 땅속 깊이 박고 꿈을 키워 가는 까치밑둥. 그 단단하고 굵은 뿌리에 힘을 주면 까치밑둥은 굳건하게 1미터를 솟아오르고 2미터의 곧은 키를 세울 수 있었다. 남들이 보지 않는 어둠 속에 노란 꿈을 풀어내는 달맞이꽃. 오늘 낮달을 보다가, 가장 환한 보름달을 보다가, 온 세상이 어둠의 한숨을 토하며 잠이 들 때 나는 땅으로 내려온 노란 달무리의 추억을 보았다.

지랑풀과 결초보은 結草報恩

길가엔 언제나 지랑풀이 있었다. 걸어가는 발자국을 따라 지랑풀은 길게 늘어서 나와 함께 길을 걸었다. 길을 걸을 때마다 '지랑풀'의 표준어는 무엇일까? 나는 오래도록 생각에 잠겼다. 한 해를 생각하고 두 해를 생각하다가 가슴에 맺혔다. 수많은 충청말들을 찾고 표준어를 이어보면서 지랑풀의 이름을 되새겼다.

처음에는 참 쉽게 생각했다. '지랑풀'은 생김새가 벼나 기장과 비슷하니 표준어는 '기랑'이나 '기장'쯤 되겠지. 그러나 인터넷이나 책 어느 곳에도 지랑풀은 보이지 않았다. 연상되는 여러 낱말을 검색해보고, 수없이 국어사전을 뒤져도 나와 함께 걷던 지랑풀의 이름은 나타나지 않았다.

여러 번 해가 바뀌고, 얼마 전 나는 드디어 지랑풀의 표준어를 만났다. 그날은 대학 진학을 준비하는 학생들과 대화를 나누는 시간이었다. 학생들의 책을 들여다보다가 고사성어 '결초보은'을 만났다. 그 말을 보면서 나는 한동안 잊고 있었던 지랑풀을 기억했다.

중학교 1학년 때였다. 한문 시간이었다. 선생님은 우리들에게 결초보은에 얽힌 이야기를 전해 주었다. 죽어서도 잊지 않고 지랑풀을 엮어 은혜를 갚는다는 어느 노인의 아름다운 이야기. 그 이야기를 들은 뒤로 나는 길가의 지랑풀을 특별한 존재로 기억했다. 그 선생님을 추억하다가 나도 학생들에게 지랑풀 이야기를 전해 주고 싶었다. 그러나 옛이야기 속의 풀이 과연 지랑풀이었을까? 옛 선생님께서는 우리들에게 익숙한 지랑풀을 넣어 이야기를 꾸며내신 것은 아닐까?

나는 컴퓨터 앞으로 가 '결초보은'을 검색했다. 수백 건의 글들이 끝없이 검색되었다. 전하는 이야기야 늘 같은 것인데, 어느 글 옆에서 선명하게 찍힌 지랑풀의 얼굴이 환하게 웃고 있었다. 그리고 그 글 속에 지랑풀의 표준어가 기록되어 있었다. 나는 지랑풀을 나타내는 그 표준어가 결초보은과 진짜 관련되어 있음을 확인하였고, 학생들에게 '결초보은'과 지랑풀에 대한 이야기를 전해 줄 수 있었다.

'결초보은'의 고사에 나오는 주인공은 '위과魏顆'라는 인물이다. 『춘추좌씨전』과 『사기열전』에 나오는 인물로 중국 역사 속의 위인이다. 제후들의 세력다툼이 심하던 춘추시대, 진晉나라에 위주魏犨

라는 이가 있었다. 위주는 명장名將으로, 춘추오패春秋五霸로 추앙받는 진문공晉文公, B.C.697~628을 즉위시키고 대부大夫 벼슬을 지냈다. 하여 사람들은 그를 높여 위무자魏武子라 불렀다. 무자에게는 늙어 맞아들인 조희祖姬라는 첩이 있었다. 왕이나 공경대부가 죽으면 주위 사람들을 죽여 함께 묻는 순장이 성행했던 시대. 늙은 무자는 자신이 죽으면 젊은 애첩이 순장되는 것을 걱정하여 아들 과顆를 불러 당부했다.

"내가 죽으면 조희를 반드시 개가토록 하여라."命顆曰, 必嫁是

그러나 무자는 죽게 될 즈음 정신이 혼미하고 심약한 상태에서 애첩을 자신 곁에 묻어달라고 하였다.

무자가 죽자, 과는 아버지의 애첩을 순장하지 않고 다른 곳으로 개가시켰다. 집안사람들이 아비의 유언을 어겼다 나무랄 때 과는, "병이 위중하면 정신이 혼미하니, 나는 아버지의 올바른 말씀을 따르는 것이다."疾病 則亂, 吾從其治也 하며 흔들리지 않았다.

세월이 흘러 기원전 694년 여름, 진晉나라는 서쪽에 이웃한 강대국 진秦나라와 전쟁을 치르게 되었다. 진晉나라가 약소국인 노국潞國을 침공한 것을 빌미로 진秦 환공桓公이 장군 두회杜回를 앞세워 침공한 것이다. 두회는 일백이십 근[1]의 창칼을 휘두르는 역사力士였

주1 120근은 약 27kg. 1근은 250g 정도. 중량 단위 '근(斤)'을 최초로 썼던 건 2000년 전 한나라 때(漢代)이며, 그때 기준으로 환산한 무게.

다. 진군秦軍은 진晉나라 영토인 보씨輔氏의 지역에 주둔하였고, 과가 이끄는 방어군과 마주하였다.

고대 춘추시대의 전투는 지휘 장수의 무력이 주도하던 싸움이었다. 진晉나라 군사를 지휘하던 과는 두회의 용맹함을 꺼려 싸움을 피하고자 하였으나, 동생 위기魏錡가 일군을 거느리고 나아가 두회와 일전을 벌였다. 그러나 위기는 여지없이 패하고 과의 군사도 함께 패퇴하였다.

이렇게 위태로운 지경에 있던 날 밤, 과는 꿈결에 이상한 소리를 들었다. 누군가가 귀에 대고 '청초파청초파靑草坡靑草坡' 속삭이는 것이었다. '청초파'는 풀이 우거진 언덕이란 뜻이다. 다음 날 아침에 과는 두회와 맞붙어 싸웠다. 무자武子의 아들로서, 진晉의 대장군으로서 사력을 다하였으나 두회의 용맹을 이기지 못하고 말발굽을 돌이켜야 했다. 과는 지랑풀이 우거진 청파靑坡로 도망쳤다. 그런데 뒤쫓아오던 적군이 청파에 이르자 더 쫓아오질 못하고 쓰러지기 시작하였다.

과가 돌아보니 웬 노인이 지랑풀로 매듭을 엮고 있었다. 두회의 말이 풀매듭에 걸려 비틀거리고 곧이어 두회가 말에서 떨어졌다. 이 틈을 타 과는 두회를 잡아 목을 쳤다.

"풀이 나를 따라다니며 꼼짝 못하게 하니 이는 하늘이 나를 버림이라."

두회는 탄식하며 죽었다. 쫓아오던 적병도 크게 무찔러 과는 대승을 거둘 수 있었다. 이것이 진晉나라를 오래도록 강대국으로 빛나게 한 이른바 '보씨輔氏의 전투'이다.

그날 밤 꿈속에서 과는 노인을 만났다.

"나는 그대가 재가시켜 준 여인의 아비다. 그대가 선친의 유언을 옳은 방향으로 따랐기 때문에 이에 보답하는 바이니라." 余而所嫁婦人 之父也. 爾用先人之治命, 余是以報

이 보씨의 전투 이후 위씨魏氏 자손들은 대를 이어 경대부卿大夫라는 나라의 최고 지위를 차지했다. 그리고 기원전 453년, 과의 후손인 위사魏斯는 진晉에서 독립하여 위魏나라를 세우고 전국시대戰國時代를 개막한 왕제후이 되었다.

'지랑풀'의 표준어는 '그령'이다. 우리나라의 들판이나 양지바른 곳이면 어디서든 무성하게 자라나는 풀의 이름. 뿌리를 단단히 땅에 박고 있어 쉽게 뽑히지 않으며, 수없이 밟혀도 죽지 않는 강인한 생명력을 지닌 풀이다. 이 '지랑풀'의 옛 이름은 '글희영'이다. 이 말이 줄어 '그령'이 되었고, 충청도에서는 구개음화란 말옷을 입고 '지렁'이나 '지랑'이 되었다. 여기에 '풀'이 붙어 '지랑풀지렁풀'이 된 것이다.

지금은 시골 마을 길까지 시멘트로 포장되어 지랑풀들이 작은 들길로 내쫓기고 말았지만, 예전의 지랑풀은 늘 우리와 함께 길을 걷던 친구였다. 우마차의 바퀴자국을 따라 두 줄로 갈라진 시골길, 그 가운데와 양옆에서 긴 줄기를 세우던 지랑풀. 봄판의 보릿고개를 배고픈 아이들은 지랑풀을 씹으며 자랐다. 길가를 지나면서 줄기를 뽑아 쥐고 하얀 밑동을 씹어가던 옛 시절, 달착지근한 맛과 함께

풀 비린내 가득 입안을 채우던 추억이 선명하다. 여름 장마가 큰비로 쓸고 가면 지랑풀은 문득 무성하게 자라 올랐다. 아이들은 머리를 땋듯이 엮고 매듭을 지었다. 더러 누군가 걸려 뒤뚱거리면 하하 놀려대던 장난이 거기 있었다.

지금 나는 '결초보은結草報恩'이 우거진 들길을 걷는다. 전투에 패해 도망치던 위과의 위급함이 길 위에 펼쳐지고, 뒤쫓던 두회가 말 위에서 떨어진다. 두회에게는 보이지 않고 위과에게만 보이던 노인, 두회를 따라다니며 풀을 엮어가던 노인이 주먹 가득 지랑풀을 바투 잡고 있다. 전투 치열한 청초과 들판 가득 두 갈래로 엮인 지랑풀의 머리칼. 바람에 몸 흔드는 지랑풀 숲으로 쓰러져가는 병사들의 아우성을 듣는다. 어린 시절 한문 선생님이 들려주던 노인의 하얀 수염이 지랑풀처럼 흩날리는 소리를 듣는다. 여름 들판을 가득 메워 가는 푸른 추억, 풀어진 지랑풀의 머리칼 위에 새로운 이름 '그령'을 얹어 준다.

호쩌꿍새를 찾아서

"호쩌꿍, 호쩌꿍."

충청도 산속에는 호쩌꿍새 운다. 호쩌꿍새는 어디에도 살지 않고 오직 충청도에서만 산다.

"그 일은 발써 글른 거. 호쩌꿍새 울었다닝께."

호쩌꿍새는 산속에서만 울다가 마을에 내려와 사람들 입에서 울었다. 호쩌꿍새가 울면 일이 틀어지고, 호쩌꿍새가 울고 나면 사람들은 상심에 젖었다. 충청도엔 꿩새도 운다. 꿩새 따라 황새도 운다.

"진작이 꿩새 울었넌디 인저서니 나스믄 뭣헌댜?"

"꿩새만 울었간? 황새두 울고 갔넌디."

충청도에선 꿩새의 수컷을 쟁끼라 했다. 이 녀석의 장기는 달리기다. 민둥산 속을 참 잘 달린다. 막 달려나가다가는 어느 순간 땅을 박차고 날아오른다. 오색 갈기로 바람을 가르며 날아오르는 쟁끼의 자태. 그 자태를 뽐내기 위해 쟁끼는 땅을 박차는 순간 천둥처럼 울음 운다.

"꿔꿔궝."

그 소리를 쫓아 시선을 돌리면 살처럼 흘러가는 꿩새의 유영遊泳을 볼 수 있다. 꿩새를 쫓던 사냥꾼은 상심에 젖는다. 날아오르기 전에 채었어야 했는데 이미 울음소리 산속에 메아리진다. 애써 따라갔는데, 이제 사냥꾼은 꿩새를 포기해야만 했다.

황새도 울음 울던가. 어릴 적 먼발치에서 보았던 하얀 자태, 느릿느릿 논두렁 속을 오가는 기다란 발걸음. 내가 가까이 가서 관찰하기도 전에 황새는 충청도를 떠났다. 사람들은 황새의 멸종을 이야기하고, 나는 끝내 황새의 울음소리를 기억하지 못한다. 그러나 사람들은 지금도 황새의 울음소리를 듣는다.

"황새 울었어. 인전 그 일은 포기혀."

일이 잘못될 적마다 충청도 사람들은 황새의 울음소리를 말했다.

꿩새의 울음소리가 퍼지고 황새의 울음소리가 퍼지면 그 자리엔 꿩새도 황새도 존재하지 않는다. 그들은 이미 높은 하늘을 헤엄쳐 가고 있기 때문이다. 그래서 충청도 사람들은 그들의 울음소리를 '이미 떠난 새'로 풀이한다. '손을 쓰기엔 이미 늦어버려 어찌할 수 없는 상황'으로 풀이한다. 그들의 울음소리에 따라 시기를 놓쳐 버린 일은 이제 접어야 한다.

그런데 나는 호쩌꿍새를 알지 못한다. 호쩌꿍새가 날아오르는 모습을 본 적이 없고, 호쩌꿍호쩌꿍 우는 새를 기억하지 못한다. 사람들을 붙들고 알아봐도 호쩌꿍새를 분명히 아는 이가 없다. 그런데도 충청도 사람들은 일상으로 호쩌꿍과 호쩌꿍새를 입에 담는다.

"거긴 인전 아무두 읎을 겨. 가봤자 날 저문 뒤 호쩍꿍이랑께."

"호쩍꿍을 허더라두 지는 가봐야 쓰겄구먼유."

"호쩌꿍새 울구 날 저문 제가 온젠디 왜 들구 그 일에다 맴을 쏟넌댜?"

충청도 사람들의 말에 귀 기울이다 보면 호쩌꿍과 호쩌꿍새의 울음소리는 반갑지 않다. 그것은 꼭 꿩새와 황새와 닮았지만 조금 다른 것이 있었다. 꿩새와 황새는 낮에 울지만 호쩍꿍새는 날 저문 뒤에 우는 새라는 것이다. 그렇다면 날 저문 밤에 '호쩌꿍호쩌꿍' 하며 우는 새는 어떤 새일까?

어릴 적 나는 서쪽새의 울음소리에 귀를 기울이곤 했다. 봄이 오고 산골짜기를 따라 보리가 누렇게 익을 무렵이면 서쪽새는 밤새워 울어댔다.

"서쪽, 서쪽, 섯쪽쪽."

긴소리로 밤을 지새우고 새벽녘으로 이어가는 서쪽새의 울음소리를 다 듣지 못하고 나는 잠이 들곤 했다. 조금은 슬픈 듯도 하였지만 마음을 차분히 가라앉혀 주는 길고 긴 울음이었다. 그리고 그 울음소리가 가슴에 닿을 즈음 나는 초등학교에 다녔다.

학교에서는 늘 표준말을 가르쳤다. 학교에 가면 인사말부터 달라야 했다. '진 잡쉈유?' 대신 '안녕하세요?'라고 해야 했고, '야' 대신 '예'라고 대답해야 했다. '자징거'는 '자전거'가 되고, '호차리'는 '회초리'로 변해갔다. '망망망' 짖어대던 우리 집 강아지는 어느 날 불현듯 '멍멍멍' 짖어댔다. 그리고 그런 뒤부터 '서쪽, 서쪽, 섯쪽 쪽' 울던 서쪽새의 울음소리가 들리지 않았다. 새봄이 되어도 서쪽새는 울음 울지 않았고, 대신 '소쩍, 소쩍, 숫쩍쩍' 하는 소쩍새가 날아들었다.

말이 바뀌고 이름이 바뀌면 울음소리도 바뀐다는 것을 그땐 몰랐다. '야옹야옹' 울던 고양이가 어느 나라에 가는 순간 '미야우미야우' 울음소릴 바꾼다는 사실을 그땐 몰랐다. 봄이 되면 해마다 소쩍새가 날아들고, 밤새워 소쩍새는 솥이 적다고 슬피 울었다. 소쩍새가 내 머리를 채우고, 소쩍새의 울음소리가 내 가슴을 채웠다. 그럴 즈음 내 가슴 속의 지우개는 서쪽새의 울음소리를 지워냈고, 내 머릿속에서 서쪽새가 말끔히 지워질 즈음 나는 어른이 되어 있었다.

이제 가을이다. 푸르게 빛나던 녹음이 지나고 차가운 서릿발이 내 머리 위에 서성거렸다. 서릿발은 점점 거세게 내려 쌓일 것이다. 겨울을 향해 걸어가던 나는 지금 기억한다, 올봄에 들어본 생전 처음의 새소리.

"호쩍, 호쩍, 홋쩍쩍."

그것은 어린 날의 서쪽새였다가, 청년 시절의 소쩍새였다가 이제 돌아온 호쩌꿍새였다. 아니, 그것이 실제 호쩌꿍새인지를 나는

38

모른다. 그러나 내 귀에 들려오는 소리가 그렇게 변해 있었다. 내가 그 새를 호쩌꿍새라고 머리와 가슴으로 받아들였기 때문이다.

호쩌꿍새가 '호쩌꿍' 목청을 다듬으면 날이 저물고, 날이 어두워지면 농부들은 더 이상 일을 이어갈 수가 없다. 부지런을 떨며 애를 썼으나 더 이상 마무리의 보람을 찾기가 어렵게 되었다.

"호쩍, 호쩍, 호쩌꿍."

지금도 충청도 산천엔 호쩌꿍새 운다. 이미 가을 깊어 호쩌꿍새 떠나갔지만, 사람들 입가엔 지금도 호쩌꿍새 운다.

싸리꽃과 조팝꽃

유난히 일찍 찾아온 봄, 이제 막 4월인데 추사고택의 벚나무들은 꽃잎을 활짝 피웠다. 아니, 벌써 한두 개씩 꽃잎을 바람에 날리고 있었다. 화순옹주 정려문 옆의 목련꽃 잎은 이미 시들었고, 추사공원 앞의 어린 소나무들은 머리 위에 손톱만한 솔방울을 푸르게 둥글리고 있었다. 수꽃인 작은 솔방울 위로 암술이 뾰족이 솟고 있고, 아마도 다음 주에 오면 노랗게 무더기로 돋아난 송화꽃을 볼 수 있으리라.

추사공원을 넘어 백송을 찾아갔다. 수백 성상의 세월을 거치며 늙어온 백송이 겨우겨우 몸을 지탱한 채 힘겹게 나를 맞았다. 얼마나 세월이 흘러간 걸까. 고등학교 1학년 때 나는 처음 이 백송을 보았다. 흰 거죽을 두르고 세 갈래로 선 거목의 위용이었다. 아래편에서 바라보면 큰 몸통의 원줄기에서 뻗어 나온 가지는 왼편으로 길게 팔을 뻗었다. 위로 뻗은 줄기는 하늘로 곧은 뜻을 쏘아 올리고 있었다. 다만 오른편에 선 줄기는 긴 세월의 풍상을 드리운 채 가냘픈 몸으로 푸른 머리칼을 떠받치고 있었다. 그리고 내가 찾을 때마다 조금씩 조금씩 더 늙어가던 백송은 어느 날 오른편 줄기를 잃었다. 왼편으로 드리우던 그늘도 언젠가부터 푸른 그늘을 틔우지 않았다. 이제는 하늘로 솟구치던 가운데 줄기의 의기마저 쇠사슬에 기댄 채 희미하게 퇴색하고 있었다.

흐르는 세월 속에 내 머리칼도 희끗희끗 백송을 닮아간다. 늙은 백송 위편엔 추사의 고조부 김흥경의 무덤이 웅크리고 있다. 영조의 사돈다운 무덤, 그것이 크고 웅장한 만큼 무상감도 크다. 아하, 봄날의 햇살도 무덤 위에 닿으니 쓸쓸하구나.

숙였던 고개를 드니 왼편 숲에 조팝꽃이 무더기로 피어 있다. 환한 꽃무덤이다. 겨울이 가면 봄이 오고, 죽어감이 있으면 태어남이 뒤따른다지. 희디흰 꽃무덤이 반가워 달려가니 조팝꽃이 아니라 싸리꽃이다.

몇 년 전, 광시면 쌍지암에 있는 친구 선묘 스님을 찾은 적이 있었다. 그는 내게 시 한 편을 보여주며 조언을 구했다. 그 시의 첫 연은 이러했다.

논둑에 조팝꽃 소복합니다

삶은 국수발처럼 쏟아지는 빗줄기에
꽃잎이 시나브로 떨어집니다

그는 내게 '논둑에 조팝꽃'이라 써야 할지 '논둑에 싸리꽃'이라
써야 할지를 고민 중이라 하였다. 충청도에서는 조팝꽃을 싸리꽃
이라 한다. 충청도 시인에게 살아 있는 이름은 당연히 '싸리꽃'이
다. 개인 서정으로야 '싸리꽃'인데, 이게 사투리다 보니 고민인 것
이다. 충청도 말을 모르는 독자들을 무시할 수 없는 것이다.

쉽게 대답할 수 있는 것이 아니다. 독자들의 가독성을 앞에 둘 것
인가, 개인 서정을 앞에 둘 것인가? 그것은 충청도 사투리를 고집하
는 내게도 늘 고민거리였다. 그러나 나는 그때 쉽게 대답했다.

"싸리꽃이라 쓰세요. 충청도 사람이 핵겨 댕기지, 학교 다니나
요? 서울 살던 말벌도 충청도에 날아들면 왕탱이가 되는 거예요.
서울에 핀 꽃이라면 조팝꽃이겠지만, 충청도에 핀 꽃이니 싸리꽃
이지요."

내 말을 듣고 자신만만하게 싸리꽃이라 썼던 그 친구는

"시인쯤 되는 분이 사투리를 쓰면 어떡해요?"

"독자를 무시하고 무슨 글을 쓰나요?"

여러 사람의 뭇매를 맞다가 끝내 싸리꽃을 꺾어버렸다.

산골에서 자란 나는 어려서부터 싸리꽃에 익숙했다. 내가 아는
싸리꽃은 세 종류였다. 나는 싸리꽃 덤불 속에서 자랐고, 세 종류의
싸리꽃을 구분하는 것은 그리 어렵지 않았다.

가장 먼저 피어나는 싸리꽃이 조팝꽃이었다. 4월이 되면 산과 길섶 가득 흰 꽃을 비누거품처럼 피워내는 조팝꽃, 나는 그 꽃을 꺾어 들고 마냥 환한 봄판을 뛰어다녔다. 그땐 당연히 그 꽃을 싸리꽃이라 불렀고, 조팝꽃이란 이름은 어른이 된 뒤에야 알았다.

　여름방학이 시작되고 무더위가 온 세상을 덮으면 또 다른 싸리꽃이 피었다. 민둥산의 곳곳에서 피어나는 싸리꽃, 그 꽃은 희거나 붉었다. 개싸리나무에서 피어나는 싸리꽃은 푸르고도 희었다. 보리밥알처럼 동글동글 뭉쳐 나와 여러 꽃봉오리가 함께 어우러져 피어났다. 귀엽고 깜찍한 작은 꽃들이 무성하게 푸른 잎사귀들 속에서 하얀 미소를 연초록으로 흘려댔다.

　이와는 반대로 참싸리꽃은 붉었다. 무더위가 갈바람에 밀려가고 풀잎의 이슬들이 아침 발길에 촉촉이 스며들 즈음, 참싸리나무는 보라색을 바탕에 깔고 매니큐어를 칠한 아가씨의 손톱처럼 분홍빛의 꽃잎을 펼쳐냈다. 조팝꽃이 여인들의 탐스럽고 소담스런 웃음이요, 개싸리꽃이 수줍은 아가씨의 풋풋한 미소라면, 참싸리꽃의 웃음은 질펀하게 색기 흐르는 여인의 화려한 매혹이었다.

　그 여러 종류의 싸리꽃과 함께 자라면서 나는 그 꽃나무들이 서로 다른 나무라고는 생각하지 않았다. 모양이 조금 다르고 꽃 피는 시기가 조금 다른 것은, 사람의 모습이 조금씩 다른 것과 같은 이치라 생각했다. 군이 구분해야 할 때면 못난 사람 잘난 사람 구분하듯이 '싸리꽃, 개싸리꽃, 참싸리꽃'이라 불렀다.

　돌아서 나는 내 앞에 가득 하얀 눈송이를 뿌리는 정체 모를 꽃 앞에 섰다. 수백 년 한 지역에 뿌리박고 살다가 이제는 늙어버린 백송처럼 하나둘 가지를 떨구며 스러져가는 지역말, 그것은 끝내 무덤처럼 퇴색해가야 하는 쓸쓸함일까? 지금 내 앞에 피어난 이 꽃은 정녕 조팝꽃일까? 싸리꽃일까?

붉새 날아오르다

어머니를 보자마자 나는 물었다.

"엄니, 붉새라구 알유?"

"붉새?"

"하늘이 빨갛게 물드넌 노을 말유. 이전이 그걸 붉새라구 힜다매 유?"

골 깊은 산골에는 노을이 피지 않는다. 높은 산들이 동서로 가로 막힌 내 고향 산골. 산과 산 사이로 올려다보는 하늘은 늘 좁다랗게 떠 있었다. 동산에 가로막힌 해는 아주 천천히 떠올랐다가 쉬이 서 산을 넘어갔다. 지평선이 머리 위에 떠도는 동네, 아침 해가 천천히 떠오르는 만큼 시간도 느릿하게 흘러갔고, 높은 서산 위에 걸렸던 해는 사라진 뒤에도 오래도록 밝았다.

낮은 짧고 밤이 긴 산골에서 노을을 보는 일은 흔치 않았다. 아주 가끔 아침 동산 위로 붉은 기운이 떠오르기도 했지만 그것은 노을 이랄 것도 없이 초라했다. 그랬기 때문일까? 나는 어릴 적 노을이 란 말도 북새란 말도 들은 기억이 없다. 노을에 대한 기억이 없으니 그런 말을 몰랐던 것인지도 모른다. 아니면 들이나 바닷가에 비해 보잘것없는 그 노을에 나는 관심조차 없었던 것인지도 모른다.

초등학교와 중학교, 고등학교를 따라 자라면서 나는 노을을 알 아갔다. 세월이 흐를수록, 넓은 세상으로 나갈수록 하늘도 넓어졌 다. 넓은 들이나 바닷가에는 해가 일찍 뜨고 늦게 지는 것을 보았 다. 시야가 트인 넓은 곳에서는 해가 뜨기까지 어둡고, 해가 지면 곧바로 어두워진다는 사실도 보았다. 노을이 저녁 하늘에만 물드 는 것이 아니라 이른 새벽 동녘 하늘을 밝힌다는 것도 알아갔다.

노을이 저녁 하늘과 새벽 하늘을 붉게 수놓을 때마다 세월이 흐 르고, 그 세월이 내 머리칼에 서릿발을 세울 즈음 나는 충청말을 찾 아다니는 어른이 되었다. 그러던 어느 날 나는 문득 '북새'란 말과 마주쳤다. '북새 : 노을의 충청말'. 국어사전 속에 나타난 북새를 보 며 나는 당황했다. 방언사전을 찾아봐도 노을의 충청말은 '북새'였 다. 나는 도무지 이해할 수가 없었다. 써본 기억도 없고 들어본 기 억도 없는 생소한 말 '북새'. 어쩌면 이 말은 내가 태어나기 전에 쓰 였던 말일지도 몰라. 이미 오래전에 잊혀진 사어死語일지도 몰라.

그렇게 위로도 해 보았지만 인터넷을 뒤지면 여기저기서 튀어나오는 '북새'란 충청말을 나는 잊을 수가 없었다.

나는 나 스스로 확인한 충청말이 아니면 내 책에 수록하지 않았다. 그래서 문헌에는 충청말로 기록된 것일지라도 내가 직접 확인하지 않은 말은 정리하지 못했다. 내가 '충청말사전'이 아니라 '예산말사전'으로 두 권의 책을 출간한 것도 그러한 까닭이다. 그것이 부족하고 편협한 것일지라도 내가 경험하고 확인한 것만 기록한다는 주관적 내 방식. 그리하여 나는 '북새'를 예산말사전에 싣지 못하고 가슴 속에 품고 다니며 귀를 기울였다. 그러나 어디에서도 북새를 쓰는 사람은 내 앞에 나타나지 않았다.

그러던 얼마 전 나는 서해 남당리의 저녁노을과 마주 섰다. 해가 바다에 떨어지기도 전에 하늘은 붉게 타오르고 있었다. 구름들은 하얗게 떠다니다가 노을을 만나자 노랗고 붉은 날개를 펼쳤다. 해가 바다를 향해 서서히 몸을 떨굴수록 구름과 하늘은 온통 장미꽃으로 얼굴을 붉혔다. 해가 바닷물에 몸을 잠그자 노을은 불새가 되었다. 하늘과 바다로 나래를 펴는 거대한 불새의 형상, 그것을 보는 순간 나는 '북새'를 떠올렸다.

'그렇구나! '북새'는 '붉새'였어. 붉게 타오르는 태양의 날개였어. 바다를 물들이고 하늘을 물들이는 태양의 축제였어.'

눈 앞에 펼쳐진 북새, 순간 내 머릿속에는 수많은 낱말들이 군대의 사열처럼 정연하게 늘어섰다.

'불구내弗矩內'가 있었지. 신라를 세운 '혁거세赫居世'. '붉-'의 뜻을 딴 '혁赫'에 소리를 딴 '거居', '내나라)누리'의 뜻을 따온 세世. 『삼국사기』는 '혁거세'의 우리 이름을 '불구내'라 했지. 그래. 혁거세는 결국 '밝은 세상을 일으킨 임금'이란 뜻의 말인 게야. '신라新羅'라는 말도 그래. 한자로는 '신라'라 썼지만 당시 사람들은 '서나벌, 서라벌, 서벌'이라 했다지. '새 신新'에 '벌 라羅'라 본 게야. '해가 뜨는 밝은 벌판', 이 '서나벌'이 '서블'이 되었다가 '서울'로 변했다지.

'새'는 '해'의 다른 이름이야. '해가 떠오르는 것'을 뜻하는 우리말이야. 한자로는 '동東'이라 쓰니 동쪽은 '해가 떠오르는 방향'을 뜻하게 되지. '신新'은 '밝고 환하게 빛나는 것'을 뜻하는 한자야. 그래서 해가 떠올라 빛나는 것을 '동東'이나 '신新'이라 한 거지.

우리가 잘 아는 '새벽'의 '새'도 똑같아. 새벽의 옛말은 '새박'이니까 해가 떠오르는 '새'에 '밝다'의 '밝-'이 붙어서 만들어진 말이야. 전라도 말인 '새복해밝→새밝)새복'에도 드러나 있지. 결국 '새벽'은 '해가 떠오르며 세상을 환히 비추는 것'을 뜻하는 말이지.

아하, 충청말 '새악시'도 그렇군. 이 말은 '새'에 '각시'가 붙어서 된 말이야. 새각시가 새악시로 된 거야. '싱그럽게 빛나는 젊은 신부'란 말이군. '새닥새댁'도 그런 말이고, 그리 보면 금성金星을 뜻하는 '샛별'도 동쪽에 떠오르는 밝은 별을 가리키는 거야. '밤을 새다'에서 '새다'도 '새'에서 나온 말이겠군. '잠을 자지 않고 밤을 다 보낸 뒤 떠오르는 해를 맞는 것'이 '밤을 새는 것'이야. '샛바람'은 '동쪽에서 불어오는 바람', '새롭다'는 '햇살처럼 빛나는 것'이고.

한번 떠오르기 시작한 말들이 꼬리를 물고 이어졌다. 새날, 새달,

새해가 이어지고, 새아기, 새살림, 새물신선한 물건, 새말새마을, 새뜸, 새터로 이어지다가, 드디어 가슴 속에 오래 갇혀 있던 나의 '북새'가 환하게 날아올랐다.

남당리의 노을이 나래를 접자 하늘과 바다가 자줏빛으로 어두워졌다. 나는 발길을 돌려 어머니가 계신 산마을로 달렸다. 자동차가 한 시간을 넘게 달리는 동안 내 머릿속은 온통 북새로 넘실거렸다.

"참 오랫만이 이쁜 북새를 보너먼. 봐, 스산이 북새가 빨갛게 폈잖여."

"북새가 뭐래유?"

"이이, 놀을 우리 어렸을 적인 북새라 힜어, 하하."

기억에 없던 북새가 이웃 중수 할머니의 웃음소리에 매달려 왔다.

"아이참, 북새두 물르남? 이전인 놀을 다덜 북새라 힜잖어."

아래뜸 용갑이 형의 목소리도 또렷하게 들려오고, 다급한 내 물음에 어머니는 느릿느릿 대답했다.

"이이, 북새? 그맇지. 하늘이 빨갛게 꽃 피넌 걸 북새 핀다구덜 힜지. 새벽이 북새가 붉게 펴나믄 날이 맑넌다구두 힜구."

콩새를 기억하다

아랫동네엔 콩새가 있었다. 500년이 넘은 다섯 발 들이 은행나무 두 그루가 동네를 감싸고, 그 나무 그늘에 기댄 초가집에 콩새가 둥지를 틀고 있었다. 그 콩새는 꽤나 유명해서 윗동네 아이들까지 모두 알고 있었다.

나는 초등학교에 다니면서 콩새를 만났다. 학교는 제법 멀었고, 나는 아랫동네를 지나야 했다. 콩새는 20대 총각이었다. 갸름한 얼굴이 새를 닮았다. 몸집도 호리호리 얄상한 것이 손발을 내저으면 금방이라도 날아오를 것 같았다. 그러나 그는 한 번도 날아다니지 않았다. 팽이를 들고 밭일을 하거나, 소 풀을 베거나 꼴짐을 지고 내 곁을 스쳐 갈 때도 날갯짓은 보이지 않았다.

"엄마, 으능징이 콩새 아저씬 왜 콩새여?"

"물러. 엄마가 시집오기 전버터 콩새라구 혔어."

"할머니, 으능징이 콩새 아저씬 왜 콩새여?"

"흥, 이눔아. 콩새니께 콩새지."

언젠가 그렇게 물은 적이 있었다. 엄마와 할머니는 그것이 대수롭지 않았다. 애가 물으니 그저 건성으로 돌아섰다.

"야, 으능징이 콩새 아저씬 왜 이름이 콩새여?"

"얌마, 콩새같이 생겼으니께 콩새지. 얼굴을 봐. 콩새같이 빼쪽허잖어."

"그게 아니구, 콩새가 진짜 이름인 겨?"

"물런마, 넘덜이 콩새라니께 콩새지. 멀 그런 걸 내기다 따전마."

친구에게 물어도 건성이었다. 아무도 콩새에 관심이 없는 듯했다. 어떤 사람은 그를 놀려 종콩새라고도 했다. 종콩은 메주를 만들 때 쓰는 흰콩이다. 오가며 콩새 아저씨를 보았지만 종콩과는 또 딴판이었다. 얼굴이 조그만 것이 콩을 닮은 듯도 했지만 종콩처럼 뽀얗지는 않았다.

콩새 아저씨는 내가 초등학교를 마칠 때쯤 장가를 갔다. 콩새 아줌마는 얼굴이 동그마했다. 내가 다가가면 언제나 정답게 맞아 줄 것 같은, 인상이 밝고 웃음이 참 이뻤다. 그런 웃음같이 이쁜 아이를 낳고, 내가 중학교에 갈 때쯤 콩새 아저씨와 아줌마는 예산읍으로 분가를 했다.

몸이 멀어지면 기억도 지워진다고 했다. 오랜 시간이 지나고 나도 어릴 적 동네를 떠나 예산읍으로 분가를 했다. 거기서 문득 잊고 지내던 콩새 아저씨를 만났다. 그의 이름을 기억하려 했지만, 여전히 나는 아저씨의 이름을 모르고 있었다. 웃음을 지으며 인사를 건네고 몇 번인가 스쳐 간 뒤로 나는 친구에게 물었다.

"형섭아, 느이 작은아버지 승함이 뭐여?"

"우리 작은아버지? 김○○인디 왜?"

"벨 일은 아니구, 이전이 느이 작은아버지를 동네 사람덜이 콩새라구 불렀잖어? 왜 그런 겨?"

"난 또, 아이, 그냥 그렇기 불른 겨. 벨 뜻 읎어."

"혹시 늬 할머니가 콩밭이서 난 겨?"

"이씨, 아녀. 마당서 콩바심허넌 날 났다구 그런 겨."

며칠 전 나는 '콩새'를 기억해 냈다. 그리고 '-새'가 들어간 충청말을 찾아보기로 했다. 먼저 '상새'가 들어왔다. 명절이면 동네에선 풍물패가 꾸려졌다. 보통 몇 사람으로 꾸려지는 풍물패를 이끌고 상새는 집집마다 찾아다니며 풍장을 쳤다. 마당을 돌고 사립문을 들어서고, 안마당을 돌아 새얌가를 돌아 장꽝을 돌았다. 장소가 바뀔 때마다 상새는 축원하는 소리를 외치곤 했다. 아버지는 북을 두드리고, 아랫집 아저씨는 징을 잡았다. 마지막으로 부엌문 앞에서 축원을 하면 탁배기 술상이 차려지곤 했다. 아침부터 이어진 풍장 소리는 우리 동네 서른일곱 가구를 다 돈 늦은 시각에야 멈췄다. 풍장 소리가 지날 때마다 사람들이 기웃거렸다. 애들이 떼거지를 이루어 따라다니며 풍장 치는 손짓을 흉내냈다. 깽깽 깽깨갱깽, 딱

딱 딱다다닥, 상새의 현기 어린 손짓이 아이들의 가슴을 흔들었다.

이어 '마당새'가 떠올랐다. 마당새는 마당에서 일하는 머슴이나 하인을 낮잡아 이르는 말이다. 머슴처럼 일만 하는 이를 사람들은 마당새 같다고 했다. '덜렁새'도 따라왔다. 찬찬하지 못하고 덜렁거리는 사람을 놀려 이르는 말이다. 이웃집 아주머니가 잘 쓰던 '뚝새'도 떠올랐다. 인정머리 없이 무뚝뚝하기만 한 사람을 골려 이르던 말이었다. 밥만 축내는 '밥새'가 따라오고, 밥만 보면 사족을 못 쓰고 껄떡대는 '껄떡새'도 따라왔다.

나는 원고지를 펼쳐 '-새'를 써 넣었다. '-새 : '-쇠'의 충청말. 앞말의 성질을 지닌 사람을 낮잡거나 속되게 이르는 말.'

그리고는 인터넷을 펼쳐 '콩새'를 퍼올렸다. 화면 속에는 희고 노란 몸털과 날개 끝 검은 깃이 어우러진 콩새가 가득 날고 있었다. 참새만큼이나 작은 몸집이 날렵하게 부리질을 하고 있었다. 그것은 종콩처럼 노랗게 빛나는 추억이었다. 문득 콩새들은 화면을 박차고 내 추억의 마당가에 모여들었다. 콩바심이 흩날리는 마당가, 갓 태어난 어느 충청도 아저씨의 까무잡잡한 이름이 거기 종종거리고 있었다.

노루와 고라니

"노루 두구 고라니가 뭐랴? 충
청도 사람이믄 충청도 말을 쓰야지."
"아니 노루허구 고라니가 오티기 같유?"

언제던가, 고라니를 노루라고 했다가 낭패를 본 적이 있다. 예산
읍내 근처의 조그만 과수원에 고라니 새끼 한 마리가 뛰어다니고
있었다. 400~500평쯤 되는 과수원 주위에는 둥그렇게 울타리가 쳐
져 있었는데, 어린 고라니 한 마리가 어찌 그곳을 뛰어넘은 모양이
다. 사람들이 오가니 불안한 고라니가 이곳저곳을 기웃거리지만
가는 곳마다 울타리가 가로막고 있다. 과수원 주인이 들어가면 어

쩔 줄 모르고 펄쩍펄쩍 뛰다가는 울타리에 당황해 돌아서서 어디로 가야 할지 멈칫거린다.

보기가 안타까워 군청에 전화를 넣는다.

"여기 산성린데요. 교육청 옆 작은 과수원에 새끼 고라니가 갇혀 있네요. 울타리에 막혀 오래도록 뛰기만 하는데 이 녀석 좀 어떻게 내보내 주셨으면 좋겠네요."

한 시간쯤 지나니 핸드폰이 울린다.

"여보세요. 고라니 새끼 구해 달라고 전화하신 분 맞나요?"

목소리를 들어보니 아는 후배다.

"잉? 오서 많이 듣던 목소린디? 자네 영준이 아닌감?"

"이이? 명재 성이유? 나 영준이 맞유."

"내가 즌화힜넌디, 사무실루 와, 커피 한 잔 허구 가."

참내, 표준말을 내동 잘 쓰다가도 아는 사람이면 바로 충청도 말로 바뀐다. 그건 충청도 사람이면 늬나 내나 똑같다.

커피를 마시며 후배가 투덜거린다.

"참내, 고라니 구해 달라넌 연락 오믄 골치 아퓨. 요새 고라니덜이 넘쳐나서 농작물을 해친다구 난리잖유. 막말루다 구해주잠두 아니구 잡어먹잠두 아뉴. 민원 들어오믄 뗘가긴 허넌디 그게 재미읎다닝께유. 그러구 이번인 과수원 쥔아줌마가 안 좋아허더먼유."

"쥔아줌마가 안 좋아허넌 건 뭔 소리랴?"

"예, 그게 과수원이 새끼 고라니가 들어와서 그걸 잘 구실러서 켜볼라구 허던 참인디, 왜 군청서 달려와서니 난리를 피냐구, 한 소리 허더먼유."

"그리서 오쪘어?"

"오쩌긴 뭘 오쩌유? 내가 혼저 쫓어댕긴다구 잽힐 늠이간유? 적당히 쫓어댕기는 척허다가니 성헌티 전화헌 거쥬."

"그려? 사정이 그르믄 벨 수 있남? 민원처린 끝났으닝께 여기서 좀 셨다나 가믄 되겄구, 그나저나 그 노루 새낀 오찌 될라나 물르겄네?"

"잉? 그거 노루 새끼 아뉴. 고라니 새끼유."

"아, 이 사람아. 고라니가 노루지, 뭐 벨 거여?"

"아니, 고라니가 오티기 노루가 된대유? 노루는 노루구 고라니는 고라니유, 먼 소릴 허능 규?"

이리 돼서 그 후배랑 한참 승강이를 했다. 후배는 죽어도 '고라니'라고 하고, 나는 나대로 '고라니가 오됐냐? 고라니는 충청도서 노루라고 헌다.'며 우기고. 10여 분 동안 옥신각신하다 보니 내가 왜 이런 걸 가지고 싸우나 싶다. 사실 그게 고라니면 어떻고 노루면 어떠냐? 고라니를 고라니라고 하는 후배 얘기가 틀린 것도 아니고. 암튼 그렇게 생각하고 있는 참인데 후배는 고라니는 어떻고 노루는 어떻고 설명이 길다. 뭐 새로울 것도 없는 얘기를 들으면서 나는 두 손 두 발 다 들고 '고라니가 맞다.'고 인정했다.

노루나 고라니는 모두 사슴과에 속하는 동물이다. 우리나라엔 대략 세 종류의 사슴이 서식하는데, 위 두 종류 외에 사향노루가 하나 더 있다. 사향노루는 큰 뿔이 돋아난 사슴으로 지금은 거의 멸종되었고 노루와 고라니는 번성 중이다.

그런데 충청도에는 고라니라는 말이 없다. 그저 노루라는 말이 있을 뿐이다. 유식한 이들이 더러 고라니라는 말을 쓰기는 했겠지만, 그것은 다른 지방말을 줏어들어 아는 것이다. 쉽게 얘기해서 예전 충청도 사람들은 고라니와 노루를 구분하지 않고 그냥 '노루'라고 통칭한 것이다. 그러니 말에 관심이 많고, 특히 충청말을 고집하는 내게 고라니는 그냥 노루일 뿐이다. 노루라고 말하는 것이 더 편하고, 노루라고 하면서도 고라니라는 것을 안다.

물론 고라니와 노루를 정확히 구분하면 서로 다른 짐승인 것이 맞다. 노루는 몸집이 크고 수컷 머리에 뿔이 돋는다. 고라니는 몸집이 작고 뿔도 없고 송곳니가 입 밖으로 튀어나왔다. 그러나 충청도 사람인 내게는 그저 생김새가 조금 다른 노루일 뿐이다. 그것은 내게 오골계든 장닭이든 그냥 닭이라고 하고, 하늘색이나 산색이나 그냥 파랗다고 말하는 것과 같은 이치다. 특히 언어학을 바탕으로 말을 구사하는 내게 고라니고론와 노루노론는 같은 말이고 같은 짐승일 뿐이다.

'고라니'의 어원은 '어금니곳니, 송곳니'라고 한다. 한자어로는 '아장牙獐'이라 하는데, 이는 '송곳니가 튀어나온 노루'라는 뜻이다. 고라니의 또 다른 이름으로는 '보노루'와 '복작노루'가 있다. '보'와 '복작'은 현대말로 '뾰족'하다는 뜻이다. 결국 고라니니, 아장이니, 보노루니, 복작노루니 하는 이름은 모두 '뾰족한 이가 튀어나온 노루'라는 말이 된다. 이처럼 예전에는 전국 어디서나 고라니를 노루의 한 종으로 인식한 것이다.

그러나 나는 그때 이런 설명을 후배에게 일일이 할 수는 없었다. 지금은 세상이 모두 고라니라고 쓰고 있는데, 나만 노루라고 고집하며 말의 어원을 끄집어내 설명하기는 난감한 일이다. 돌아보면 후배나 나는 그때 각기 다른 말을 쓰고 있었던 것이다. 후배는 지금의 말을, 나는 고리타분한 옛날 말을.

"자네야말루 먼 소리여? 충청도에 고라니가 오뎠어? 고라니는 충청도서닌 기냥 노루라구 허넌 거라닝께."

"아뉴, 고라니허구 노루는 쌩판 틀린 짐승이유. 알두 뭇허매 왜 그류?"

새차귀의 꿈

사라져 가는 말은 그리움이다.

차귀! 들짐승이나 산짐승을 먹이로 유인한 뒤 채어 잡는 덫을 충청도에서는 '차귀'라 한다. 표준말은 '창애'다. 이 둘은 모두 옛말 '챵ᄋᆡ'에서 나온 것이다. 표준말 '창애'는 '챵ᄋᆡ'에 접사 '-ᄋᆡ'가 붙어 변한 것이고, 충청말 '차귀'는 '챵ᄋᆡ'에 도구를 가리키는 뜻을 가진 접사 '-귀'가 붙은 것이다.

초등학교 4학년 때다. 내가 사는 동네 고새울은 산속에 있었다. 대술면을 지나 도고와 송악으로 넘어가는 지방도가 아랫마을을 거쳐 흐르고, 동천삼거리나 은행정에서 안락산 속으로 1킬로미터쯤 들어간 뒤에야 우리 동네가 보였다. 지금은 동네 맨 위쪽에 퀠곡저수지가 서 있지만 당시엔 온통 산이었다. 그 저수지 바로 아래엔 우리 동네의 맨 윗집이 있었다. 내 친구네 집이었다.

흰 눈이 가득한 산골의 겨울, 우리 집에 놀러온 친구는 한 보따리 자랑을 풀어 놓았다.

"야, 명재야. 어제니 나 참새 시 마리 잡았다."

"잉? 참새를 시 마리나 잡았다구? 그걸 오티기 잡은 거?"

놀라 휘둥그레진 나를 바라보며 친구가 떠버린 자랑의 핵심은 새차귀였다. 자기 아버지가 새차귀 만드는 법을 가르쳐 주었고, 자기 형과 함께 새차귀 두 개를 만들어 뒤꼍에 놓았는데 어제 하루 동안 세 마리가 걸렸다는 것이다.

친구가 돌아간 뒤 나는 친구네 주변을 서성거렸다. 새차귀는 친구네 앞밭을 지나 나무 덤불 옆에 놓여 있었다. 스슥대^{조의 줄기}를 엮어 바닥을 만들고 새를 채는 동그란 그물망이 위에 붙어 있었다.

만드는 법을 배워 나도 참새를 잡고 싶었다. 그러나 새차귀 곁에 가면 참새가 오지 않으니 가까이 가지 말라는 친구 때문에 자세히 살펴볼 수가 없었다. 집에 돌아와 아버지에게 새차귀 만드는 법을 가르쳐 달라고 했다. 몇 번을 부탁한 끝에 그해 겨울방학이 끝날 즈음 나는 새차귀 하나를 얻을 수 있었다. 아버지가 볏짚을 엮고 활을 대어 만들어준 새차귀. 그것을 얻던 날은 돌담 곁의 살구나무 사이로 오가는 참새들이 내일이면 가득 내 손에 잡힐 것만 같아 잠도 오지 않았다. 그러나 그해 겨우내 새차귀를 들고 다니며 가슴만 조였을 뿐 끝내 참새는 잡지 못했다.

5학년의 겨울방학이 되고, 나는 내 힘으로 새차귀를 만들기로 했다. 친구는 벌써 형과 함께 몇 마린가의 참새를 손에 쥐었다고 자랑이었다.

새차귀는 세 부분으로 이루어진다. 바닥과 활과 그물망이다. 바닥은 활대를 고정하고 그물망을 올려놓는 부분이다. 나는 헛간에서 짚단 하나를 마당가에 풀어 놓았다. 서툴긴 하였지만 40센티쯤의 이엉을 엮었다. 이엉의 중간을 다시 엮고, 이엉 끝을 오그려 묶으니 이등변의 긴 삼각형이 되었다.

활은 긴 나뭇가지를 휜 다음 새끼줄을 매어 만든다. 나는 아버지가 나무할 때 쓰는 오목낫조선낫을 빼들었다. 태봉산 아래의 개울둑으로 달려갔다. 거기엔 1년생 꾸지나무들이 곧게 늘어서 있었다. 꾸지나무는 큰 가시가 있긴 하지만 탄력이 좋았다. 나는 한 발쯤 되는 긴 가지와 작은 가지를 베었다. 큰 것은 활대로 쓸 것이다. 아버지가 꼬아놓은 새끼줄을 끊어왔다. 꾸지나무를 휘고 양 끝에 새끼줄을 매자 긴 활이 되었다. 그 활대에 이엉을 끼워 매자 살이 매겨진 활의 형상이 되었다. 바닥은 흡사 큰 활에 걸린 넓적한 화살 같았다.

다음은 새를 가둘 그물망이다. 작은 나뭇가지를 타원형으로 휜 다음 양 끝을 가는 새끼줄로 이으니 조그만 활이 되었다. 그 활에 볏짚으로 그물을 쳤다. 참새가 채였을 때 빠져나가지 못할 만큼 촘촘하게. 그리고 뒤란에서 조릿대 한 가지를 베어 왔다. 손가락 마디만큼을 잘라 가운데에 홈집을 내고, 조릿대의 구멍에 실을 끼워 그물망에 매달았다. 그 그물망을 큰 활대의 시위에 걸고 몇 바퀴를 돌리자 팽팽한 덫이 되었다.

마지막으로 큰 활대를 바닥에 조여 맸다. 그래야 그물망이 단단하게 일어선다. 이엉 뒤쪽엔 질긴 실에 젓가락 같은 싸리나무 가지를 맸다. 작은 활대의 그물망을 힘차게 세우고, 뒤쪽의 싸릿가지를 잡아당겨 조릿대의 흠집에 걸리도록 했다. 그러자 뒤에서 잡아당기는 싸릿대와 앞으로 쓰러지려는 그물망이 아슬아슬하게 균형을 잡고 섰다. 그물망 가운데에 달린 조릿대의 구멍 끝에는 벼 이삭 서너 개가 위태롭게 매달렸다.

이제 참새가 노니는 곳에 갖다놓기만 하면 된다. 저 벼 이삭을 쪼는 순간 싸릿대는 뒤로 튕겨 나가고 그물망은 참새를 덮칠 것이다. 긴 시간 노동보다 부푼 꿈이 가슴 속에서 일렁거렸다.

그해 겨울, 나는 새차귀에서 몇 마리의 새를 얻을 수 있었다. 두어 마리는 활대에 채어 죽은 채로 내 손에 들어오고, 두어 마리는 산 채로 그물망에 갇히기도 했다. 갈색 참새도 걸리고 붉은 깃털을 팔락이는 콩새도 걸렸다. 주전부리가 귀해서였을까. 참새를 잡으면 꼭 구워먹겠다 생각하고 있었지만 막상 손에 쥐어지니 그리 되지 않았다. 살아 있는 새는 길러보려고 애쓰다가 결국은 날려 보내야 했다.

우리는 늘 꿈을 꾸며 살아간다. 그 꿈을 생각하면 가슴이 설레고, 설레는 가슴을 안고 우리는 꿈을 실현하기 위해 애쓴다. 꿈은 수많은 시간의 고통을 감내할 수 있게 한다. 그러나 어렵게 내 손에 잡힌 꿈은 처음 꿈꾸던 만큼 가슴을 설레게 하지 않는다. 어릴 적 새 차귀에 걸린 내 꿈도 그러했다. 그것은 잠시의 희열이었다. 쓰러진 그물망을 바라보며 달려가는 바쁜 발걸음, 차귀에 걸린 새를 확인 하던 순간의 환호! 그러나 내 손에 쥐어진 꿈은 차가운 시신덩이거 나 너무도 작은 파닥임에 불과했다. 지금도 우리에게 가슴 설레는 아름다움이란, 이루어진 꿈이 아니라 꿈을 향해 나아가는 발걸음 의 흔들림일 것이다. 얻을 수 없는, 혹은 잃어버린 꿈에 대한 그리 움일 것이다.

오여발이 오여지다

　　오여발이 오여졌다. 마루턱을 넘다 바른발이 걸렸다. 마루턱이 제법 높다. 넘어지지 않으려고 마루턱 아래쪽에 오여발을 딛는다. 턱에 걸린 바른발이 얼른 빠지지 않는다. 기우뚱 몸이 흔들린다. 가까스로 빠진 바른발에 몸이 한쪽으로 휘둘린다. 균형을 잡으려고 다시 내디딘 오여발이 마루 아래 모서리다. 쏠리는 체중을 감당 못한 오여발이 우두둑 무너져 내린다.

　　두 달 전 나는 그렇게 오여발 뼈가 부러졌다. 간만에 네 사람이 모였다. 20대 젊은 날에 사귄 친구들이다. 문학을 합네, 문예운동을 합네, 여러 해를 뒹군 친구들이다. 가식 없는 문학을 하자, 무의문학無衣文學이란 이름으로 만났다. 무위자연無爲自然, 발가벗고 사람을 만나고 발가벗고 글을 쓰자. 그게 뭔지는 모르지만 10년을 그렇게 뒹굴다, 서로 결혼을 하고 떨어져 각자의 옷을 입었다. 그리고 10여 년이 훨씬 더 지나 다시 모였다. 그리고 묵힌 정을 술잔에 담기로 했다.

나는 거의 술을 입에 대지 않는다. 아니 마시지 못한다. 아주 가끔 술을 마실 때면 앞사람의 눈빛을 마신다. 정이 진할수록 술잔이 커진다. 그날은 술잔이 참 컸다. 무의문학의 맏이였던 이가 대청 위에 술상을 차렸다. 손수 빚은 술이 어지간히 정겨웠다. 주책없이 20대로 돌아가 옷을 벗었다. 10년 동안 묵혀둔 속내를 떠벌리고 그만큼 술잔을 들었다. 그리고 돌아서 마루턱에 걸려 오여졌다.

누군가가 넘어질 때면 나는 언제나 어릴 적 기억이 떠올랐다. 그것은 '오여지다'에 대한 추억이다. 밖에 나갔던 삼촌이 사립문을 열고 들어오다 아버지를 보자 큰 소리로 말했다.

"성님, 아래뜸 일소가 오여져서니 앞다리가 뚝 뿌러졌대유."

"그려? 그거 큰났네. 오쩌다 소가 오여졌댜?"

"일 마치구 밭둑을 돌어서다 오여짝이루 둥굴었대유. 소가 밭둑 끄트머릴 밟었넌디 밭둑이 무너지매 우당탕 씨러졌대유. 소 잡년 중 알었대유."

일소 한 마리가 집 한 채 값이던 시절이었다. 당연히 소 다리는 집안을 지탱하는 기둥뿌리였다. 작은 동네가 시끌했다. 그러나 나는 그때 오여지는 게 무언지 몰랐다. 나는 외양간으로 가는 아버지에게 물었다.

"아버지, 오여지넌 게 뭐래유?"

"이, 오여지넌 건 소가 오여짝이루 자빠지넌 겨."

"그럼, 오여짝이루 자빠지믄 소가 다치넌 규?"

"이, 소는 앞다리루 움직이구 뒷다리는 심이 없어. 근디 앞다리가 꼬여서 오여짝이루 자빠지믄 그 큰 소 몸뗑이가 짓눌러 앞다릴 꺾어놓넌 겨."

그때는 초등학교에 들어가기도 전의 일이었다. 아주 어릴 적의 기억은 손가락으로 꼽을 만큼 적다. 그럼에도 기억이 생생한 것은 특별한 경우다. 내가 초등학교에 들어가고 중학교에 다니는 동안 소는 우리 집의 재산이었고 가족이었다. 겨울 동안 외양간 안에서만 지내던 소는 봄이 되고 여름이 되면 마당가에 나가 놀았다. 마당가엔 꼴과 짚으로 소가 놀 만한 운동장이 만들어지고, 그 가운데엔 쇠말뚝이 박혀 있었다.

아침에 마당가로 나온 소는 날이 저물면 외양간으로 돌아갔다. 학교에 들어간 뒤로 나는 가끔씩 아버지 대신 외양간의 소를 마당으로 끌어내거나, 마당가에서 외양간으로 몰아들였다. 그런데 소는 아버지와 나를 용케 알아보았다. 아버지가 고삐에 달린 줄을 잡으면 얌전했다. 말뚝에 줄을 매고 풀 때에도 조용했고, 오갈 때에도 똑바로 길을 잡았다. 그러나 내가 줄을 풀거나 매려면 괜시리 푸르륵거리고 머리나 뒷다리를 흔들어댔다. 마당으로 나갈 때면 말뚝의 줄이 다 풀리기도 전에 뛰어나가 줄이 종종 다리에 엉켰다. 나는 그 줄을 풀며 소를 몰아내느라 헐떡거리는데, 그럴 때면 아버지는 나를 걱정하기보단 소를 먼저 걱정하였다.

"명재야, 소 다리에 줄 걸리게 허믄 안 되여. 그러다 오여지믄 클나."

소는 내가 대학에 갈 때까지 우리 집을 지켰고, 나는 고삐에 달린 줄을 잡을 때마다 오여짐을 조심했다. 그런 만큼 내게 오여짐은 익숙하면서도 절실한 말이었다. 그러나 소가 우리 집을 떠난 뒤로 이 말은 들을 일도 쓸 일도 없어졌다. 아무도 오여진다는 말을 쓰지 않았다. 아니 그 말 자체를 모르는 이들이 대부분이었다.

부러진 다리에 심을 박고 입원하였다. 다리를 다친 이후 가끔씩 찾아오는 이들이 내게 물었다.

"어쩌다 다리가 부러진 거예요?"

그럴 때마다 나는 나도 모르게 오여지다가 튀어나왔다.

"예, 마루턱이 걸려 오여졌유."

이 말을 얼마나 많이 했는지 모른다. 그런데 나는 이 말 뒤에 꼭 덧붙여야 하는 말이 있다.

"다리가 꼬여 자빠진 규."

나이가 드신 분들은 바로 알아듣는다. 그런데 대개 알아듣지 못한다. 병원 의사도 간호사도 모르고, 나를 아는 많은 이들이 알아듣지 못한다. 그래서 나는 부연 설명을 덧붙이는 것이다.

'오여지다'는 '외다'에서 나온 말이다. '외다'는 바르지 않다는 것, 비뚤어지거나 꼬인 것을 나타내는 말이다. 충청도에서는 왼쪽을 오여짝이라 했다. 오여손, 오여발도 마찬가지다. 그래서 '오여지다'는 '바르지 않게 비뚤어지고 꼬여지다'가 되고, 오여손과 오여발은 바르지 않은 손과 발이 되는 식이다.

이제 부러진 다리가 나아간다. 하루하루 지나는 만큼 목발이 하나로 줄었다. 한 목발도 이젠 떠나고 뒤뚱뒤뚱 목발 없이 걷는다. 오여진 다리가 바르게 돌아오고 있다.

귀먹쟁이 길목, 그 어디쯤

귀가 늙는다
큰 소리들이 몸을 낮추고
작은 소리들이
곁을 떠난다

소란스런 세상의 창문을 열면
귓속에서 일렁이는 바람 소리
바람 속으로 떠나가는
노래의 씨앗

빗방울에 몸 적시는 코스모스의 눈빛처럼
나뭇잎에 몸 흔드는 물결의 떨림처럼
조금씩 나를 떠나가는
소리의 축제

귀가 늙는다는 것은
달려드는 큰소리를 차단하고
작은 소리에 몸 던지는 일이다

그런 것인 줄 알았다
귀가 들리지 않기 시작할 때
오염된 물결 차단하는,

그런데 작은 소리 들리지 않는다
귀 기울여도
노랫소리 이젠 들리지 않는다
- <귀먹쟁이 길목, 그 어디쯤> 전문

나를 키워주신 증조할머니는 귀먹쟁이였다. 두 귀를 꼭꼭 틀어
막고 세상의 소리 듣지 않았다. 곁에는 언제나 증조할머니가 있었
다. 여러 손녀들 다른 방으로 보내고, 작은손자에게만 당신 방을 허
락하였다. 바지랑대같이 장신이었던 증조할머니는 늘 새우잠을 잤

다. 나를 꼭 껴안고서야 잠이 들던 증조할머니, 그 새우잠 안에서 나는 무럭무럭 자랐다. 할머니는 나의 말소리를 제대로 알아듣지 못했고, 우리는 그리 말이 필요하지 않았다. 할머니의 눈빛이 나를 향하면 달려갔고, 주먹을 내밀면 두 손을 뻗어 사탕을 받았다.

내게는 두 분의 할머니가 있었다. 한 할머니는 나를 보듬고 나만 바라보던 증조할머니였고, 한 할머니는 내게는 털끝만큼도 관심을 두지 않고 밖에서 일만 하던 그냥할머니였다. 어렸을 적 나는 그냥할머니에 대해 어머니에게 물은 적이 있었다.

"엄마, 나랑 자던 할머니는 증조할머닌디 저기 있넌 할머니는 무슨 할머니여?"

"잉, 저기 기신 할머니는 그냥, 할머니여. 그냥, 할머니."

그때부터 나는 할머니를 '그냥할머니'라 불렀다.

"으휴, 빙신같이. '그냥할머니'가 아니구 그냥 '할머니'라닝께. 그냥, '할머니'."

누나들이 옆에서 핀잔을 주며 알려주었지만 눈치가 어두웠던 나는 내내 할머니를 '그냥할머니'라 불렀다.

'그냥할머니'는 증조할머니와 대화를 나누지 않았다. 그냥할머니는 말수가 적기도 하였거니와, 찰귀를 잡수신 증조할머니는 어떤 말도 알아듣지 못하였기 때문이다. 그냥할머니는 그런 증조할머니를 '귀먹쟁이'라고 했다. 이웃 사람들도 증조할머니 뒤에서 찰귀를 드신 귀먹쟁이 할머니라 했다.

귀먹쟁이 증조할머니는 내가 중학교에 입학하던 해 돌아갔다.

큰아들을 6·25 동란에 잃고 귀를 막더니, 작은아들이 위암으로 먼저 떠나자 두 눈도 마저 막고 저승으로 따라갔다.

중조할머니가 돌아가시자 나는 당신의 안방에서 해방되었다. '그냥할머니'는 할머니로 돌아오고, 세월은 참 빠르게도 흘러갔다. 그 세월 속에서 아버지가 귀를 닫기 시작했다. 작은 소리들을 멀리하기 시작했다. 멀리서 들려오는 거친 세상의 소리를 막고, 가까이서 시냇물이 들려주는 노래를 거부하기 시작했다. '아버지가 조용히 살고 싶은 게로구나.' 나는 그때 그리 생각했다. 그러나 어머니를 부르는 아버지의 목소리는 점점 커졌고, 아버지의 텔레비전 소리는 어머니와 나의 귀를 왕왕 울려댔다. 아버지는 뒤나 옆에서 하는 소리에 귀 기울이지 않았고, 대화를 할 때면 늘 내 입을 바라보시곤 했다.

몇 년 전 어느 늦은 밤, 나는 컴퓨터를 켜놓고 음악에 귀를 기울이고 있었다. 그러다가 문득, 잠든 아내가 깰까 이어폰을 찾아 귀에 꽂았다. 그런데 오른쪽 이어폰의 소리가 들리지 않는다.

'이것 고장났구나.'

며칠 뒤 나는 고장난 이어폰을 버리고 새 이어폰을 사 왔다. 그리곤 바로 귀에 꽂았다. 이번에도 오른쪽엔 음악이 흐르지 않는다.

"이런, 고장난 이어폰을 팔다니."

짜증이 났다. 나는 옆에 있는 아내에게 이어폰을 던졌다. 아내는 아무 말 없이 이어폰을 귀에 꽂는다.

"나는 잘 들리누만, 왜 안 들린다는 겨?"

"진짜 잘 들려?"

"응, 멀쩡허구만. 자기 귀가 이상한 것 아니여?"

얼마 뒤 나는 병원을 찾았다. 간호사는 의자에 나를 앉히더니 내 머리에 커다란 헤드폰을 씌웠다. 헤드폰을 쓰니 세상이 조용하다. 마음도 따라 조용히 가라앉는다. 그런데 조금 지나니 누가 나를 건드린다. 간호사가 나를 바라본다. 무슨 영문인지를 몰라 바라보니 헤드폰을 벗기며 무슨 소리를 못 들었냐고 묻는다. 그리고는 무슨 소리가 들리면 들리는 쪽 손을 들어보라고 한다. 한참이 지나니 삐 — 하는 소리가 왼쪽부터 들린다. 진찰이 끝나자 간호사는 내게 보청기를 권했다.

나는 큰 병원을 찾아갔다. 꽤 오랜 시간 청력 검사를 했다. 검사가 끝나자 간호사는 청력이 좋지 않다고 했다. 일상생활에 큰 지장이 있을 정도는 아니지만, 앞으로는 지장이 많게 될 것이란다. 조용한 곳에서 살면 청력 감소가 더디게 진행될 것이라며, 시끄러운 세상을 피하라고도 했다.

두 번의 청력 검사를 마치고 나서 나는 생각했다. 더러운 소리, 험한 소리 듣지 말고 살라고 증조할머니가 내게 주신 선물이구나. 아름답고 고운 소리만 들으며 살아가라고 아버지가 내게 주신 선물이구나.

그러나 이런 생각은 오래가지 않았다. 소리를 잘 듣지 못하니 생활이 불편해지기 시작했다. 시끄러운 곳에 가면 앞에서 하는 사람의 말소리도 알아듣지 못하기 시작했다. 열심히 귀를 기울여도 작은 말소리는 내 귓가에 오기 전에 흩어졌다. 특히 전화를 받을 적엔 곤혹스러운 경우가 적지 않았다. 주위가 시끄럽거나 상대가 작은 말로 속삭이면 알아듣기가 어려웠다.

　내 귀는 짝귀다. 왼쪽 귀에는 소리가 크게 들리고, 오른쪽 귀에는 소리가 작게 들린다. 그런데 나는 늘 전화기를 소리가 작은 오른쪽 귀에 대고 통화한다. 얼핏 이치에 닿지 않지만 그럴 수밖에 없다. 내 왼쪽 귀는 소리를 선명하게 듣지 못하는 귀이기 때문이다. 크게 들리는 왼쪽 귀에 전화기를 대면 상대의 말소리가 귓속과 머릿속을 왕왕거리며 헤집고 다닌다. 소리는 크게 들리는데 무슨 소린지 분간이 안 가니 그저 소음일 뿐이다. 나는 결국 오른쪽에 전화기를 댈 수밖에 없다. 작게 들려도 무슨 소린지 알아들을 수 있기 때문이다.

　이제 나는 귀먹쟁이가 되어가는 중이다. 아니, 이미 귀먹쟁이가 된 것인지도 모른다. 증조할머니와 아버지가 떠난 귀먹쟁이의 길목, 그 어디쯤서 나는 서성이고 있다.

눈 오시는 소리

1.

또 눈이 내린다. 오늘처럼 함박눈이 내리는 날이면 나는 가슴이 떨린다. 수많은 눈송이들이 하늘을 채우며 펑펑 날아오르는 날이면 나는 오랫동안 작은 벌레 떼들의 꼬물거림, 하늘거리는 나비 떼의 춤사위 속을 떠다니다 돌아와 끝내 가슴이 시리다.

어느 먼 곳의 반가운 소식이기에
이 한밤 소리 없이 흩날리느뇨.

추녀 끝 호롱불 여위어가며
서글픈 옛 자취인 양 흰 눈이 나려

하이얀 입김 절로 가슴이 메어
내 마음 허공에 등불을 걸고
나 홀로 밤 깊어 뜰에 나리면

머언 곳의 여인의 옷 벗는 소리.

희미한 눈발
이는 어느 잃어진 추억의 조각이기에
싸늘한 추회 이리 가쁘게 설레이느뇨.

한 줄기 빛도 향기도 없이
호올로 차단한 의상을 하고
흰 눈은 나려 나려서 쌓여
내 슬픔 그 위에 고이 서리다.

현대시의 초창기 한국의 회화시를 완성한 김광균 시인은 그의 젊은 시절 「설야雪夜」라는 시에서 눈 내리는 소리를 '머언 곳의 여인의 옷 벗는 소리'라고 표현했다. 이 얼마나 감수성 높은 표현이냐? 25살의 시인이 고요한 밤, 소리 없이 내리는 눈을 어찌 저리 야리야리 야들하게 상상할 수 있겠느냐?

대학을 갓 들어간 시절, 친구들은 눈 내리는 밤雪夜의 한 구절에 열광하곤 했다. 젊은 날의 외로운 서정, 슬픈 추억처럼 내리는 눈을 바라보며 시인은 희디흰 여인의 옷 벗는 소리를 상상했던 것일까?

돌아보면 나는 참 감수성이 무딘 사람이다. 지금도 그렇지만 대학에 다니던 그 시절 나는 '머언 곳의 여인의 옷 벗는 소리'에 감동하지 않았다. 그 표현이 수채화처럼 깨끗하고 감수성 높은 표현임은 인정하지만, 그 표현이 그리 신선할 까닭은 없는 것이라 생각했기 때문이다.

나는 어려서부터 눈 오는 소리를 들으며 자랐다. 앞에는 안산, 뒤에는 뒷동산, 온통 산속에 묻혀 있던 산동네. 그 뒷동산 자락에 자리했던 내 집에는 눈 오는 소리가 자주 놀러오곤 했다. 자동차 소리도 사람 발자국 소리도 없는 겨울날이면 눈과 함께 방문하던 소리, 그게 밤이든 낮이든 상관 없었다.

바람에 쓸려온 눈보라는 바람 소리를 타고 떠나간다. 문풍지와 초가지붕을 치며 달아나는 바람 소리에 눈보라의 비명이 잦아든다. 그것은 눈 내리는 소리가 아니라 눈을 몰고 가는 바람 소리다.

그러나 바람 불지 않는 날의 눈 내리는 소리는 또렷하다. 함박눈이 쏟아지는 날이면 더욱 그러하다. 하늘을 바라보고 있노라면 눈송이들은 자신들의 놀이에 흠뻑 취해 있다. 눈송이들은 수많은 애벌레가 되어 서로 엉기며 꼬물꼬물 장난을 친다. 까마득한 하늘 속에는 흐린 구름 가득하고, 그 아득한 구름 속에서 문득 작은 벌레들이 회색 몸뚱이를 꼼지락거리며 쏟아진다. 내려오면서 서로의 몸뚱이를 만지기도 하고, 서로 자리를 바꾸다가 하얀 몸집의 나비로 흩어진다.

흰나비들은 내려오면서 서로 부딪친다. 흐린 하늘이 한꺼번에 쏟아내는 눈발의 어지러움. 흰나비들은 빗줄기처럼 쏟아져 내리지 않고 지붕 위쯤에서 뱅글뱅글 돌며 앉을 자리를 고른다. 그리곤 땅 위를 사뿐히 스치며 내려앉아 산과 들은 온통 흰나비 떼로 흥건하다.

오래 하늘을 바라보면 내 눈동자도 벌레 따라 꼼지락거린다. 눈동자가 나비처럼 몸을 흔든다. 그래서 눈 내리는 풍경을 오래 바라보는 것은 가득한 현기에 나를 던져두는 일이다. 그럴 즈음이면 나는 토방에 걸터앉아 눈 내리는 소리에 귀를 기울인다. 저 먼 하늘 끝에서 벌레들이 몸을 꼬는 소리, 나비들이 몸 비비며 흔들어대는 날갯짓 소리 선명하게 들린다. 먼 여행 끝에 땅에 내려앉는 나비들이 먼저 내려온 나비 떼 위에 사르르 접는 나래 소리도 들린다. 그 소리들이 끝없이 이어지고, 그것은 흡사 자장가처럼 감미롭고, 그것은 하늘이 하얗게 몸 부수어 쏟아내는 솜털처럼 포근하다.

뒷동산에 이어진 사랑방에 누우면, 내려앉는 나비 떼의 무게를 이기지 못한 왕소나무는 날갯짓으로 가지 위의 눈덩이를 쏟아 놓았다. 푸드덕 퍽! 푸드덕 퍽! 떨어지는 덩이 눈 사이로 나비들의 날갯짓이 끊이지 않던 산골의 겨울날, 나는 어른이 되면 산속에 집을 짓고 살겠노라 꼭꼭 다짐했다. 눈발이 불러주는 노랫소리에 잠이

들고, 푸드덕푸드덕 왕소나무의 나팔 소리에 아침을 맞으리라 다짐했다.

그 꿈을 아직 이루지 못했지만, 나는 김광균 시인을 좋아한다. 아니 그의 시를 좋아한다는 것이 맞는 표현이겠다. 그러나 대학에 다니던 시절 나는 '머언 곳의 여인의 옷 벗는 소리'는 속되고 야한 표현으로 느꼈다. 돌아보면 누구나 들을 수 있는 소리가 아니었는데….

2.

평일 오후에 나는 승합차를 운전한다. 하교하는 학생들을 몇 명 태우고 시내를 돌아다닌다. 그럴 때마다 라디오를 켠다. 즐거운 오후, 남녀 두 진행자가 이야기를 꾸려가며 노래를 들려주거나, 청취자들에게 전화를 걸어 이야기를 나눈다.

"김광균 시인은 겨울밤에 내리는 눈을 바라보며 '머언 곳의 여인의 옷 벗는 소리'라고 표현했는데요. 눈 내리는 소리를 그렇게 상상하여 표현할 수 있다니 대단하네요. 그럼 청취자 분과 전화를 연결해 보겠습니다. 아, 여보세요. 어디 사시는 누구신가요?"

"예, 저는 서산서 하우스 농사 짓넌 ○○○라구 해유."

"아, 서산에 사시는 아주머니시군요. 좀 전에 우리는 김광균 시인의 눈 내리는 소리에 대해 이야기를 나누었는데요. 혹 아주머니는 눈 내리는 소리를 들어보신 적 있나요?"

"아, 그러믄요. 어려서 많이 들었쥬."

"아, 그래요? 직접 들어보셨다고요? 그래, 눈 오는 소리는 어떤 소린가요?"

"그, 머시냐. 뉘가 뽕잎 갉어먹는 소리허구 비슷허쥬. 예에."

"누에가 뽕잎을 갉아먹는 소리요? 그건 또 어떤 소린가요?"

"그게 참, 머시냐. 말허기가 참 그런디, 그게 가랑비 오는 소리 같기두 허구, 개미 겨가는 소리 같기두 허구, 뭐 그래유."

"가랑비 오는 소리? 개미 기어가는 소리요?"

"예에, 근디 참 설명허기가 그렇네유."

"아, 하하. 그런 소리가 있었군요. 눈 오는 소리는 누에가 뽕잎을 갉아먹는 소리와 비슷하다. 알겠습니다."

사람들은 자신의 경험만큼의 눈을 지니고 살아간다. 자신의 경험을 잣대로 세상을 보고 사물을 잰다. 그리곤 자신의 경험으로 잴 수 없는 세상에 대해서는 관심을 보이지 않거나 부정해 버리기 일쑤다. 장님에게 코끼리 그려 보이기, 보지 못하는 이에게 미지의 풍광을 이해시키기는 것은 어려운 일이다. 우물 속밖에 모르는 개구리에게 바다 이야기가 허황된 것처럼.

눈 내리는 소리를 상상으로 만들어낸 소리로 인식하는 진행자, 그는 눈 내리는 소리를 많이 들어보았다는 청취자의 말에 당황했을 것이다. 눈 내리는 소리가 어떤 소리냐는 물음에 '뉘가 뽕잎을 갉아먹는 소리'나 '개미가 기어가는 소리, 가랑비가 내리는 소리'라는 대답은 더욱 그들을 곤혹스럽게 했을 것이다.

눈 내리는 소리를 경험하지 못한 이에게 그보다 더 작은 소리를 나열하며 설명하는 것은 난감한 일이다. 에둘러 전화를 끊는 진행자의 당황스러움을 승합차의 소음처럼 느끼며 나는 어릴 적의 기억 속으로 빠져들었다.

나는 어려서부터 대학에 들어갈 때까지 누에와 함께 살았다. 봄과 가을이면 방바닥에서 천장까지 얽어맨 사다리들, 그 켠켠에는 활짝 편 신문지만한 잠박들이 빼곡하게 채워져 있었다. 나는 누에 속에서 자라고, 누에고치를 판매한 돈으로 학비를 내며 중학교와 고등학교를 졸업할 수 있었다.

누에철이 되면 집안이 어지러웠다. 우리 집에서는 보통 세 상자 정도의 누에씨를 받아왔다. 할머니는 그 누에씨를 군불을 지핀 방에서 부화시켰다. 손바닥만한 상자 세 개, 거기에서는 6만 마리의 작은 생명들이 물결치며 깨어나고 있었다.

온몸이 까만 털에 감싸인 채 태어난 새끼 누에들, 할머니는 잠박 위에 신문지를 여러 겹으로 깔고, 부화한 누에들을 정성껏 수평의 꽁지깃으로 쓸어내렸다. 그때부터 누에는 방 한켠씩을 점령하기 시작했다. 까맣게 오물거리는 6만 개의 입들이 가늘게 썬 뽕잎을 사흘 동안 쉬지 않고 먹다간 곤한 잠에 빠져들었다. 움직이지도 않고 먹지도 않은 채 누에들은 온종일 잠을 잤다. 그리고 누에들은 까만 털이 박힌 외투를 벗고 희끗희끗한 누에 본연의 모습으로 깨어났다.

할머니는 잠박 위에 촘촘한 그물망을 씌우고 그 위에 썬 뽕잎을 수북하게 덮어주었다. 그러면 손톱보다 작은 누에들이 촘촘한 그물망 사이로 기어 올라와 뽕잎을 갉아 먹었고, 할머니는 그물망을 걷어 몇 개의 잠박에 나눠 올렸다.

한 주일쯤 지나 누에가 두 번째 잠을 깨고 나면 방 한켠이 누에 잠박으로 가득 찼고, 며칠이 지나 세 번째 잠에서 깨어나면 방 양켠이 누에들로 가득 찼다. 세 번째 잠에서 깨어난 누에들은 하루가 다르게 자라났다. 날마다 잠박 수가 늘어나고, 네 번째 잠에서 깨어났을 때에는 안방부터 내 방까지 누에들로 넘쳐났다. 이때면 나는 누에와 함께 밥을 먹고 누에와 함께 숙제를 하고 누에와 함께 잠을 자야 했다.

나는 밤마다 누에가 뽕잎을 갉아먹는 소리를 들으며 잠이 들었다. 그것은 흡사 빗소리였다. 석 잠을 잔 누에의 뽕잎 먹는 소리는 가늘고 연약했다. 그것은 어쩜 서산 아주머니가 들은 가랑비 내리는 소리였을 것이다. 작은 입에 붙은 두 이빨을 뽕잎 끝에 대고 새각새각 갉아먹는 소리. 수만의 누에가 동시에 내는 그 소리는 고요한 밤을 스쳐가는 작은 바람 소리 같기도 하고, 줄지어 이사 가는 개미 행렬의 발소리 같기도 하였다. 그러다가 넉 잠에서 깨어나면 그 작은 소리들은 소낙비 소리가 되었다.

새벽에 누에 밥을 준 날 아침이면 어김없이 쏟아지던 소리. 쏴아 쏴아, 나는 종종 그 소리를 소낙비 소리로 착각하곤 했다.

"엄마, 밖에 비가 많이 오나 봐."

잠에서 덜 깬 내가 걱정을 할 때,

"웬 비?"

어머니는 빙긋 웃고 있었다.

3.

겨울이 내리고 봄과 가을이 피었다간 다시 눈이 내린다. 그러는 동안 나는 나이가 들었다.

나는 산골을 떠나 읍내에 둥지를 틀고, 사람들과 자동차 소음이 웅성거리는 복판에 학원을 세웠다. 눈이 내리면 먼 산과 들은 하얗게 겨울옷을 껴입고, 학원 앞길에는 자동차와 사람들이 종종거렸다. 이제 학원차를 운행하는 내게 눈은 애증의 산물이 되었다. 어제는 솜털처럼 쏟아지는 그리움이었다가 오늘은 주체할 수 없는 미끄러움으로 달려오는 위험 신호가 되었다. 하얗게 쏟아졌다가는 자동차 위를 얼룩으로 더럽히는 오염된 눈을 바라볼 때마다 눈 내리는 소리는 내 귀에서 조금씩 멀어졌다.

'늙기 전에 산에 들고 싶어. 산에 기대어 낮은 집을 짓는 거야. 비가 내리면 창을 열고, 그러면 빗소리가 방안으로 놀러 올 거야. 지붕 위로 떨어진 빗방울들 집 주위를 맴돌다 작은 길을 내며 흘러가겠지. 눈 내리는 날엔 평상을 펴자. 두꺼운 점퍼를 꺼내 입고 누우면 하얀 나비들의 날갯짓 소리 날아들 거야. 하얀 누에처럼 꼬모락

꼬모락 뽕잎 갉는 노래 마당 가득 쌓여갈 거야.'

그렇게 꿈꾸었던 소리들이 내 곁을 떠나기 시작했다. 병원에서 보청기를 권하며 난청을 말하기 그 이전부터, 내가 작은 소리를 떠나보내야 하는 그것은 가족력이었다. 물소리와 새소리를 떠나보내고 말년에는 천둥소리까지 떨쳐낸 증조할머니. 볼륨을 높여 방안을 왕왕 울러대던 텔레비전, 대화할 때면 내 입을 말끄러미 바라보며 눈으로 듣던 아버지. 찰귀 드신 증조할머니와 반귀 드신 아버지의 고요한 세상이 내게 다가오고 있었다.

고요한 세상은 큰 소리를 요구했다. 내 목소리엔 조금씩 더 힘이 들어가고, 누군가의 목소리는 힘이 줄어들기 시작했다. 소리가 멀어질수록 나는 사람들에게 큰 소리를 주문하였고, 많은 사람들이 모인 자리에서는 여러 말소리가 엉켜 누구의 소리도 분명하지 않았다.

작은 소리들이 내 곁을 떠나는 동안 내 꿈도 떠나가기 시작했다. 낮은 집 마루에 누우면 달려올 솔바람 소리, 추녀 끝에 매달려 밤새 은밀하게 속삭일 고드름들의 키 재는 소리, 긴 행렬로 일사분란하게 이사하는 개미들의 발맞춤 소리, 그 작은 소리들의 꿈이 아득히 달아나고 있었다.

이제는 가슴 속에서만 흐르는 소리가 되었어. 다시 찾을 수 없는 그리움이야. 그날은 잃어버린 꿈들이 낙엽으로 뒹굴던, 지난 가을 저녁이었다. 내가 산골의 어머니를 찾던 날은,

"엄니, 지 왔유!"

부엌의 어머니를 향해 맘껏 소리를 질렀다. 귀를 잡수신 어머니, 내가 큰소리로 인사를 하는 것은 어머니에 대한 배려다. 물론 그런다고 어머니가 얼른 알아듣는 것은 아니다. 그런데 그날 어머니는 금방 알아차렸다. 어머니는 내게 보청기를 보여주었다.

"엄니, 보청기 허셨네? 온제 헌 규?"

"이, 메칠 전이 늬 누나랑 병원 가서 맞췄어."

"그거 허닝께 잘 들류?"

"이, 잘 들리넌디 째끄마서 빠져 달어날까 봐 자꾸 걱정되여."

기뻤다. 늘 어머니에게 해드리고 싶었던 보청기였다. 그리고 소리가 더 달아나면 나도 하려던 그것이었다.

"엄니, 보청기 즘허믄 귓속이 왕왕거리고 머리가 울린다넌디 그러진 않유?"

"이, 좀 그렇긴 헌디 소리는 잘 들려."

"그류? 엄니 보청기 좀 일루 줘보슈. 나두 좀 껴보게."

"어머니 보청기가 자기헌티 맞겠남?"

아내의 핀잔과 상관없이 나는 보청기를 받아들었다. 새끼손가락 한 마디만한 것이었다. 그것은 내 귓속으로 쏙 들어갔다. 순간, 엄니와, 아내의, 소리가 동산 만하게 부풀었다. 오디오의 볼륨을 갑자기 최대로 올린 것 같은, 꺼졌던 무대의 음향이 갑자기 켜진 것 같은, 가랑비가 갑자기 소낙비로 들이치는 것 같은, 천둥이 치고 벼락이 흐르는 그것은 귀에 확성기를 들이댄 세상이었다.

"이야, 너머 잘 들린다."

정말 너무 잘 들렸다. 소리가 너무 잘 들려 소음처럼 귓속을 울리기도 했다. 전날 병원에서 보청기를 권할 때,

"보청기를 하면 어린 날의 작은 소리들을 다 찾을 수 있을까요?"

물었던 적이 있었다. 그때 간호사는 그냥 웃었다. 그것은 그렇지 않다는 부정의 신호였다. 그러나 어머니의 보청기를 끼던 그 순간, 나는 세상의 모든 소리를 다시 찾을 것만 같았다. 실제로 눈이 내리는 소리를 다시 들을 것이라고는 생각하지 않지만, 그때 나는 작은 소리와 소통할 희망으로 벅찼다.

겨울이 오고 다시 눈이 내린다. 오늘처럼 함박눈이 내리는 날이면 나는 다시 가슴이 떨린다. 수많은 눈송이들이 하늘을 채우며 펑펑 날아오르는 날이면, 나는 오랫동안 작은 벌레 떼들의 꼬물거리는 소리에 귀 기울인다. 하늘거리는 나비 떼의 춤사위 속을 오래도록 떠다니는 꿈에 젖는다.

제2부

말강구와 되강구

말강구의 말질하기

"말강구가 고여니 말강구가 아녀. 우덜이 쓰넌 말은 바닥이 판판허잖어. 근디 말강구 말은 바닥이 뽈록 터 나왔어. 보새기 엎어논 거마냥 뽈록허다니께. 그게 한 됫거리라는 겨. 옛날 말두 있잖어. 말강구가 쓰넌 말허구 마름이 쓰넌 말은 사기꾼 말이라구 말여. 왜 장사허넌 사람을 장사치라구 허넌 중 알어? 심뽀를 그렇기 쓰니께 치사혀서 장사치여. 장사치가 맘 잘 써두 장사꾼배끼 뭇 되넌 이치가 그거라니께."

머지않은 옛날에 말강구가 있었다. 마른 봄날을 허기로 때우던 시절이 있었다. 배고픔이 황사처럼 날리던 그 시절에는 밥이 행복이고 곡식은 희망이었다. 시장의 중심에는 늘 싸전이 자리잡고 있었다. 싸전의 좌판에는 쌀이며 보리며 콩이며, 백성들이 일용하는 곡식들이 가득 펼쳐져 있었다. 곡물을 팔러오는 사람과 사러오는 사람들, 장날이 아닌 무싯날에도 싸전엔 손님들로 북적거렸다. 그리고 그 싸전 한가운데에 말강구가 있었다.

싸전은 곡물을 사고파는 가게다. 예전에는 요즘처럼 저울에 무게를 달아 곡물을 거래하지 않았다. 되와 말, 포대나 가마에 담아 그 양을 기준으로 하였다. 싸전을 드나드는 손님은 대개 말 단위로 거래하였다. 이런 까닭에 18리터 크기의 양을 재는 네모난 그릇인 말은 필수 도구였고, 그 말로 곡식의 양을 재는 말질은 특별한 것이었다.

말강구는 말질을 하는 사람이다. 그는 싸전을 운영하는 주인이거나, 숙련된 말질로 주인의 신용을 얻은 점원이었다. 말강구는 말질로 곡물을 사들이고 곡물을 팔았다. 말질을 잘못하면 손해를 입기 때문에 싸전 주인은 어지간해서는 말질을 점원에게 맡기지 않았다. 말강구의 말질에는 만고불변의 철칙이 있었다. 그것은 절대 손해 보는 말질을 해서는 안 된다는 것이다. 이에 말강구의 말질에는 고도의 기술이 접목되었고, 이 기술은 점원들이 한두 해만에 배울 수 없는 높은 경지의 것이었다.

옛 싸전에는 거래 규칙이 있었다. 그것은 시장가격보다 10% 싸게 사들이고, 손님에게 팔 때는 10% 높게 하는 것이다. 대개 사들일 때에는 한 번에 많이 거래하므로 싸게 살 수 있고, 팔 때는 조금씩 나눠 팔기 때문에 20%의 유통 마진이 생기는 것이다. 이 차액을 이

익으로 싸전 영업은 이루어진다. 그런데 일반 손님들은 한두 말씩 팔러오기도 하기 때문에 10%의 마진을 다 챙길 수 없게 된다. 장날 내다 팔면 제값을 받는데, 10%나 싸게 싸전에 팔 손님은 흔치 않기 때문이다. 그리고 10% 비싸게 팔면 보통 손님은 싸전에 오지 않는다. 아주 급한 것이 아니라면 장날에 나와 농민들이 내온 곡식을 사들일 것이기 때문이다.

이때 필요한 것이 말강구의 기술이다. 말강구는 재빠른 손놀림과 눈속임을 동원하여 말을 속인다. 옛 어른들이 이르기를 '말강구가 쓰는 말과 마름이 쓰는 말은 사기꾼 말'이라 하였다. 가히 그들이 쓰는 말은 백성들이 쓰는 말과는 달랐다. 바닥이 볼록하게 솟아오른 말, 특별하게 주문 제작된 말이었다. 이런 말로 양을 줄이는 것이 배불뚝이 수법이다. 겉보기는 똑같은데 바람 들어찬 과자봉지처럼 속이 비었다. 그것은 키 작은 사람을 커 보이게 밑창을 높여 만든 굽 높이 구두요, 처녀들의 작은 가슴을 부풀리는 뽕빨이다.

이것은 손님에게 곡물을 팔 때 쓰는 수법이다. 바닥이 너무 볼록 튀어나오면 쉽게 눈에 띄기 때문에 고수 말강구는 표가 날 정도로 바닥을 높이지는 않는다. 더러는 밑판에 얇은 판을 덧대기도 한다. 밑판을 두 층으로 만들어 말의 깊이를 낮게 조정하는 수법이 있다. 너무 정교하여 눈으로 보면서도 알아챌 수 없다.

말강구가 쓰는 말은 둘이다. 곡식을 팔 때 쓰는 말과 사들일 때 쓰는 말이 따로 있다. 팔 때 쓰는 말은 크기가 작다. 겉으로 보면 똑같은데 들어가는 양이 모자라다. 사들일 때 쓰는 말은 반대로 크다.

바닥이 깊게 패어 있다. 새것이 아니라 오래 써온 헌 말이다. 바닥이 낡아 헤지고 그 바닥을 표 안 나게 긁어내 깊이가 깊다. 겉보긴 똑같은데 담기는 양은 넘친다.

곡식을 재는 방법도 다르다. 사들일 때의 말질은 손이 많이 간다. 곡식을 차곡차곡 담는다. 자 막대기를 말 가운데에 박고 휘휘 젓는다. 그러면 곡식의 작은 알갱이가 빈틈없이 찬다. 팔 때는 또 반대다. 후루룩 살살 담고는 자 막대기로 말 위를 스윽 긁는다. 그 순간 헐렁하게 위에 차 있던 곡식 낟알들이 아래로 쏟아진다.

이런 까닭에 손해를 입는 것은 손님들이다. 손님들은 분명 한 말을 지고 왔는데, 말강구가 재면 한 말이 안 되어 제값을 받지 못한다. 반대로 분명히 한 말을 사왔는데 집에 있는 말로 재보면 한 말이 안 되는 것이다.

이런 까닭을 손님들은 먼저 알았다. 그래서 말강구와는 시비가 잦았고, 말강구는 손님들 등쳐먹는 사기꾼이며 못된 심보를 지닌 장사치라 욕을 먹었다. 그러나 약자는 언제나 손님이었다. 장이 서지 않는 날엔 싸전을 이용할 수밖에 없는 이들이 많았다. 곡물을 지고 와 시장에 나오면 금세 팔리지 않았다. 한나절이 쉽게 지나가고, 일 바쁜 사람들은 빨리 팔아야 했다. 사는 사람도 빨리 곡물을 구하려면 싸전을 이용할 수밖에 없었다.

말감고, 말강구의 유래

'말강구'는 '감고監考'에서 생겨
난 말이다. '감고'는 조선시대 하급벼슬의 이름이다. 조선은 건국 초
기부터 궁궐과 지방 관아에 감고를 두고 '금, 은, 곡식' 따위의 출납
과 관리를 맡겼다.

이 가운데 지방 관아에서 일하는 감고는 백성들로부터 세금과
공물을 징수하는 일을 맡아보았다. 그런데 감고가 농간을 부려 재
물을 빼먹는 일이 흔하여 시행 초기부터 감고제도는 문제가 많았
다. 이에 세종은 감고를 없애는 조치를 단행하기도 했으나, 재물 관
리의 필요성에 따라 감고제도는 조선말까지 이어졌다.

조선시대 후기에 이르러 '감고'의 폐단은 눈덩이처럼 불어났다.

탐관오리들은 관아에 들고나는 곡물의 양을 속이고, 세금으로 받는 포목을 속여 축재하였다. 이 일에 앞장선 이가 감고이고, 감고는 지방관과 백성 사이에서 재주껏 재물을 횡령하였다.

당시엔 포의 길이를 재는 자와 곡식의 양을 재는 말이 일정치 않았다. 탐관들은 국가 표준으로 정한 것을 사용하지 않았다. 세금 포탈을 위해 자와 말을 멋대로 만들어 썼다. 이러한 폐단은 국고를 훼손하고 백성들의 삶을 피폐하게 하였다. 이에 나라에서는 때로 암행어사를 파견하였고, 암행어사는 국가 표준 자인 유척鍮尺을 지니고 다니며 감시하기에 이르렀지만 별반 효과를 거두지 못하였다.

영·정조 이후 19세기에 들어 순조가 등극하고 세도정치가 시작되었다. 조선은 세도정치에 무너지기 시작하였다. 세도를 부리던 풍양 조씨와 안동 김씨 세도가들은 권력을 이용하여 부를 축적하고 이를 바탕으로 더 큰 세력을 형성하였다. 세도가가 국정을 흔들자 그들의 환심을 사려는 탐관들의 횡포가 덩달아 폭주했다.

탐관들은 전세田稅, 군포軍布, 환곡還穀을 제멋대로 주물러 국가 재정의 기본을 이루는 삼정三政을 문란케 하였다. 이에 따라 국가 재정은 파탄에 이르고, 백성의 삶은 극도로 피폐하였다.

이때 '감고'는 지방 수령과 밀착하여 백성의 고혈을 빼는 존재였다. 수령 밑에서 감고는 백성의 땅을 마음대로 조정하고, 군포의 자를 속이고, 환곡의 말을 속였다. 이를 통해 부당한 세금을 거둬들였다. 장부를 조작하여 국가에 바치는 세금은 줄였다. 그 차익은 수령이 착복하였다. 그러나 윗물이 썩으면 아랫물도 썩는 법이다. 감고는 수령이 만족할 만큼 백성의 고혈을 빨았고 그 대가를 수령에게서 받았다. 아니 자신의 몫을 더 차지하기 위해 수령이 원하는 것보다 더 많은 세금을 징수하였다.

이런 까닭에 '감고'는 백성들로부터 원성을 샀다. 나무라는 시어미보다 말리는 시누이가 더 밉다고 했다. 시누이가 끼지 않으면 몇 마디 꾸중으로 끝날 일일지도 모른다. 며느리가 '잘못했습니다.'하고 사과하면 곧 시들어질지도 모른다. 그러나 누군가 끼어들면 시비는 길어진다. 더구나 시누이, 올케는 예로부터 개와 원숭이의 관계, 시누이는 말리는 척 시어미의 비위를 긁고 시어미의 언성은 쉬이 가라앉지 않는다.

당시 '감고'는 시누이보다 못된 것이었다. 세금을 걷는 일은 국가의 소관이요, 이를 지시 감독하는 것은 지방의 수령이다. 따라서 잘못이 있다면 기강이 무너진 나라를 비판하고 수령을 찾아가 따질 일이다. 그러나 그것은 요원한 일, 백성들에게 먼저 미운 것은 감고였다. 감고는 장부를 조작하여 짓지 못할 땅에 세금을 매기고 죽은 자에 군포를 매겼다. 아이에게 세금을 매기고 견디다 못해 도망한 사람은 그 친척에게 책임을 물었다. 심지어 자기 것을 챙기려 악착같이 백성을 괴롭히는 감고는 말리는 못된 시누이에 비할 바가 아니었다.

특히 '감고'란 말이 '말감고'로 변한 까닭은 환곡還穀의 문란에 있었다. '환곡'은 본래 어려운 백성을 구제하는 제도였다. 가난한 백성들이 굶지 않도록 춘궁기에 곡식을 빌려주고, 가을 추수가 끝나면 1~2할의 낮은 이자로 돌려받는 제도였다. 백성들은 나라의 도움을 받아 좋고, 나라는 이자를 받아 국고를 풍성하게 할 수 있었다.

그러나 19세기의 환곡은 탐관의 축재 방식으로 악용되었다. 나라가 혼란함을 당하면 제도가 그 기능을 멈추고, 나라의 기강이 무너지면 도적이 끓는 법이다. 나라가 흔들린다 하여 선정을 베푸는 수령이 없을까마는, 통제가 무너진 나라에는 탐관과 오리의 거짓과 착취가 횡행하는 법이다. 탐관오리 앞에서 백성의 고혈 빨기에 앞장섰던 감고, 그들은 환곡을 이용해 가난한 백성을 나락으로 몰아가는 악귀였다.

춘궁기를 견디지 못한 가난한 백성들은 관아를 찾아야 했다. 가난한 이가 쌀을 빌리는 것은 부잣집보다 관아가 좋았다. 개인 장리는 빌리기도 어렵고 두 계절에 50%의 높은 이자를 물어야 했지만, 관아의 환곡은 빌리기도 쉽고 이자가 쌌기 때문이다. 그러나 조선 말기에 이르러 환곡의 이자는 개인의 장리와 비슷해졌다. 조선 중기 10%대 이자였던 환곡이 조선 말기에 이르러 40%를 넘었다.

굶어 죽게 된 백성들은 별 수 없이 환곡을 썼다. 그때 감고의 수작이란 게 '말 속이기'였다. 감고는 빌려줄 때는 작은 말을 썼다. 그리고 거둬갈 때는 큰 말을 썼다. 이에 가난한 백성들은 큰 이자에 사기까지 당해야 하는 설움을 겪어야 했다. 감고가 말을 속이는 것을 뻔히 알면서도 환곡을 쓸 수밖에 없는 처지의 백성들은 눈앞에서 벌어지는 감고의 사기 말질이 피눈물 나게 원망스러웠다.

이런 까닭으로 '감고'는 조선 말기에 이르러 '말감고'란 말로 대

치되었다. 그리고 충청도에 와 '말강구'가 되었다. 더럽고 치사하게 말질하는 감고, 그 악독한 대명사가 '말감고'였다.

마름과 말강구

'마름'은 '재단하다, 관리하다'
의 뜻을 지닌 순우리말 '마르다'에서 나온 말이다. 말 그대로 '마름'
은 땅을 재단하고 관리하는 사람이며, 큰 땅을 가진 지주의 토지 관
리인이다.

지난 시대의 '마름'은 농민들의 고혈을 빨아 원성을 사는 존재였
다. 농업이 삶의 중심에서 변두리로 밀려나고 산업화가 이루어진
지금도 '마름'을 입에 올리면 분위기가 싸해진다. 옛날을 경험하신
노인분들은 얼굴부터 찌푸린다.

그러나 '마름'이 처음부터 욕먹던 존재는 아니었다. 마름이 처음
등장하는 시기는 대략 조선 후기다. 조선 전기, 대지주였던 양반들

은 종들을 부려 토지를 관리했다. 그러나 18세기 이후, 지방에 땅을 두고 서울이나 타지방에서 벼슬살이하는 양반들이 늘어났다. 이들은 자신의 토지를 관리하고 소작료를 거둬들일 사람이 필요했다. 이에 따라 신뢰할 만한 이에게 토지 관리를 맡겼으니 이가 '마름'이다.

'마름'은 소작인들에게 토지를 분배하고, 거기서 나오는 수확량에 따라 소작료인 도지賭地를 거둬들였다. 이 일의 대가로 마름은 지주로부터 관리비를 받았고, 일부 땅을 분배받아 무상으로 농사를 지을 수 있었다.

18세기만 해도 마름이 크게 욕을 먹거나, 그 횡포가 사회 문제로 이어지지는 않았다. 그러나 19세기 이후에 이르러 마름의 수가 크게 늘어나면서 소작인을 수탈하는 못된 마름이 늘어났다. 이에 따라 소작인과 마름 사이에 갈등이 번졌고, 마름이 결정적으로 욕을 먹게 된 시기는 일제 강점기였다.

1914년, 일제는 이 땅의 농민들에게 땅문서를 요구하였다. 토지 문서를 제시하지 못하거나 문서가 존재하지 않는 땅은 강제로 국가 소유로 이전하였다. 이렇게 일제가 빼앗은 땅은 전 국토의 절반에 이르렀다. 일제는 이 땅을 일본인들에게 분양하였고, 조선에 온 일본인들은 단번에 대지주가 되었다. 이와 반대로 수많은 우리 농민들은 대대로 농사짓던 땅을 잃고 소작인이 되어야 했다.

비단 소작인이 된 것으로 문제가 끝나지 않았다. 일제 강점기의 소작료는 조선시대에 비해 크게 올랐다. 조선시대에 시행된 민간의 도지는 수확할 때 내는 타조법打租法이 있고, 미리 정해 놓은 금

액을 지불하는 정조법定租法이 있었다. 이때 농민이 부담해야 하는 도지는 대략 추수한 양의 3분의 1이었다. 농민들은 도지를 내고 국가 세금을 바치고 남은 것으로 근근이 살아갔다.

그런데 일제 강점기가 되자 수확량의 2분의 1로 도지가 상승하였다. 여기에 국가 세금으로 10%를 떼고 나면 농민에게 남는 것은 40%였다. 이것도 종잣값과 농약, 거름 값을 빼면 더 줄어들었다. 그토록 수탈이 심했다던 조선 말기에도 수확량의 반 이상을 빼앗기지는 않았다.

이런 상황에 마름이 등장한다. 마름은 추수가 끝나면 지주에게 바칠 도지를 떼고 난 뒤, 자신의 몫으로 마름조를 거뒀다. 마름조는 소작인이 마름에게 내는 세금이다. 1년 동안 땅을 살피고 도지를 거두느라 애썼으니 세금을 내라는 것이다. 이치상으로야 이건 말이 안 된다. 관리비는 지주에게 요구할 것이지 소작인의 것을 거둬갈 것이 아니다. 그러나 마름은 지주로부터 5%의 관리비를 받고, 또 농민에게 마름조를 요구했다. 더러 이 문제를 지주에게 따진 이도 있었지만 언젠가부터 마름조는 관행으로 굳어졌다.

마름조는 통상 수확량의 5%였다. 도지를 떼고 남은 50%의 곡식에서 나라 세금을 제하면 40%다. 여기에 농사를 짓는 데 들어간 비용을 제하면 소작인에게 돌아오는 몫은 30% 정도다. 이런 상황에서 또 마름조를 내야 했다. 마름은 소작인의 농사 상황을 주시했고, 추수할 때에는 찾아와 감시하였다. 그리고 추수가 끝나자마자 되질과 말질을 해가며 도지와 마름조를 떼어갔다. 열 가마의 곡식에서 다섯 가마가 도지로 떼어질 때면 소작인의 가슴은 미어졌다. 다섯 가마 남은 것에서 다섯 말을 퍼 가는 마름조에는 숨이 막혔다. 그럴 즈음이면 돌아앉았다. 이제 남은 것에서 국세로 또 한 가마를 뺏겨야 한다. 남은 우리 식군 어째야 하나. 자포자기다.

생각하면 이건 마름만의 잘못은 아니다. 일제의 토지수탈정책이 근본 문제이고, 좁은 국토에 농민이 넘쳐나는 수요 공급의 불일치가 빚어낸 문제일 수도 있다. 조선 후기부터 이어져 온 마름제도의 그릇된 관행이 이어진 측면도 있다. 그러나 농민들에게 이런 이론은 추상적이다. 이는 몇몇 소작인들이 나서서 관청에 주먹질을 해 댄다고 해결될 일도 아니고, 결국 소작인들의 손가락과 욕설은 일상으로 부대끼는 마름을 향할 수밖에 없었다.

그럼에도 농민들은 대놓고 마름에게 삿대질을 할 수도 없었다. 그가 지주 몫의 세금을 슬쩍슬쩍 횡령하여도 지주에게 이를 수가 없었다. 그의 말질이 사기꾼 말질이어도 드잡이질을 할 수가 없었다. 마름에게는 우리 식구들의 생사여탈권이 쥐어져 있기 때문이다. 소작권, 그에게 대드는 순간 땅이 떨어지기 때문이다.

일제 강점기, 조선은 망하고 '감고監考'는 변하여 '강구'가 되었다. 이젠 벼슬 이름이 아니라 지주의 토지를 관리하고 도지를 징수하는 '마름'을 이르는 말이 되었다. 그리고 그의 말질에 빗대어 '말강구'가 생겨났다. '말을 이용하여 도지를 거둬 가는 일'의 의미가 아니라, 힘 있는 지주에 빌붙어 농민의 고혈을 빨아 대는 사기꾼의 다른 이름이었다.

여수 자거품

동네 회관 앞에는 봄 햇살에 기댄 팔순들이 이야기꽃을 피운다. 여름철 개구리가 올챙이 적 그리듯 젊은 날의 추억이 한 됫박씩 쏟아지는 오후다.

"이전이 말여. 아래뜸 양반이 돌아갔을 때 말여."

한 노인이 말을 꺼내자, 옆 노인이 시절을 묻는다.

"잉? 그게 원젯 적 애기랴?"

"아, 그 육이오 끝나구 서너 해 뒤이 있잖여."

대답이 끝나자 다른 노인이 뛰어든다.

"아, 그땐 참 대단혔지."

"그려. 초상을 거허게 쳤지. 넘덜은 보리죽도 못 먹던 보릿고개에 7일장을 쳤응께."

노인들이 한꺼번에 추억 속으로 모여든다.

"그렸지. 그 덕이 동네 사람덜 메칠 동안 끄니 걱정 덜었지."

"말 말어. 난 그때 사날을 배터지게 보냈어."

말을 꺼낸 노인의 이야기가 툭툭 끊어진다. 노인들의 이야기는 늘 그렇다. 한 사람이 이야기를 시작하면 함께 있던 사람들이 금 안으로 다 들어올 때까지 진도가 나가지 않는다. 한 마디씩 끼어들 때마다 추억의 공간 속에는 사람들이 늘어나고.

"아따, 이 사람덜아. 난 초상 친 얘길 헐라넌 게 아녀."

이야기를 시작한 노인이 주위를 환기한다.

"그럼, 뭔 소리랴?"

옆 노인이 추억 속에서 펄쩍 뛰어나오며 생뚱맞게 묻는다.

"아, 그 초상 치구 나서 내가 그 양반네 모이지길 혔잖남?"

"자네가 모이지길 혔남?"

"맞어. 저 친구가 그때 뫼지길 혔어."

말 한마디 끝날 때마다 이야기는 동강이 나고, 노인들의 이야기는 뉘엿뉘엿 오후를 건너간다.

"그려. 그때 여수덜이 여간 많었남? 봄판이 초상 치른 여수덜이 들끓었잖어."

"그맀지. 그땐 여수가 많긴 많었지."

"그때 그 양반네 마름이 날 불르더라구."

"마름?"

말끝마다 호응하던 추억의 실타래가 잠깐 엉긴다. 노인 하나가 얼른 받아 실타래를 매어준다.

"아, 이 사람. 그 마름 기억 안 나남? 그 왜 승질 드런 박가눔 있잖어. 소작 가지구 장낭치던 그 개눔!"

말이 거칠어졌다. 옆에 있던 다른 노인이 치고 든다.

"야, 이눔아. 그 박가는 우리 아저씨뻘이여. 그런 으른보구 개눔이 뭐여, 개눔이. 존 말 두구 쌍말 허문 뭇 쓰넌 겨. 기냥 듣기 좋게 '개씨'라구 혀."

자룡이 헌 칼 쓰듯 으르고 메친다. 옆사람도 슬그머니 숟가락을 얹는다.

"그려. 자네가 잘뭇헌 겨. 낫살 먹은 우덜은 존 말만 쓰야넌 겨."

그 마름이 어지간했던 모양이다. 개눔에 개씨가 넘나들고, 쌍말 하나로 졸지에 지옥 가다 천당으로 되돌아온 노인이 하하 웃는다. 흐흐흐흐, 마주보는 누런 웃음들 속으로 반세기의 시간들이 거꾸러진다.

"암튼지간이 말여. 그 개씨가 날 찾어와서니 모이지길 허라넌 겨. 모이 옆댕이다가 모이막을 져줄 텡께 한 달만 봐 달라더면. 잘만 지켜주믄 두 달치 새경을 쳐 준댜. 그러맨서 허넌 말이 말여. 내가 겁두 읎구 찬찬허니 딱 적임자라넌 겨."

"개뿔, 늬가 적임자믄 난 땅임자겄다, 이눔아."

말놀음에 소외됐던 노인이 불쑥 뒷방을 날린다. 이야기를 하는 노인이 묘지기면 이를 부리는 마름은 노인의 상전이고, 땅임자인 그는 마름의 상전이 된다. 시답잖게 자화자찬하지 말라는 퉁이다.

"아, 이 사람아. 시방 농담허던 것 아녀. … 그리서 봉분허던 날버텀 내가 모이막서 지냈어. 근디 바로 그 날버텀 여수덜이 꾀넌 겨. 썩은내를 맡구서니 말여."

"아, 여수가 썩은내는 기맥히게 맡지, 암."

"그리서, 그 여수는 때려잡었남?"

나이가 들면 아이가 된다. 남이 하는 말을 오래 듣지 못한다. 그리고 여럿의 대화 속에 소외되지 않으려면 남이 한마디 할 때 나도 거들어야 한다. 한 사람이 조용하면 옆사람이 끼어들고, 옆사람이 쉴 틈이면 앞사람이 끼어든다. 그래서 이야기는 번져 대화가 되고, 대화는 이어져 이야기가 된다.

"아따, 밤이만 네려와서 깽깽거리넌디 그걸 워치기 잡어. 기냥 쫓구 못 오게만 허넌 거지."

"개뿔, 해 다 가너먼 그런 씰디읎넌 얘긴 뭐다라 헌다?"

벽에 기대 고갤 주억거리던 노인이 기지개를 켠다. 입으로는 재미없는 얘기 집어치우라고 하지만, 실상은 쓸데없이 끼어드는 말에 일일이 답하지 말고 빨리 진도를 나가라는 재촉이다.

"아녀, 근디 어니 날인가 말여. 밤새 지키다가 아침이 까빡 잠이 들었넌디, 밖이서 이상한 소리가 나넌 겨. 깜짝 놀래 떠나가 보니께, 여수 새낑이 하나가 봉문 밑일 팍팍 파구 자뻐진 겨."

"그려?"

"증신빼기가 버쩍 들더먼. 여러 날 지나서 신체두 다 썩어갈 때

106

니께, 인전 고상 다 혔구나 허넌디 그눔이 봉분을 뚫어봐. 난 새경이구 뭐구 다 틀리넌 겨."

"그려서?"

"아따, 뭔 또 그려서여? 몽딩일 집어 들구 냅대 후둘렀지. 근디 이 여수 새낑이가 몇 발짝 도망가다 말구 돌어스더니, 날 빤히 츠다 보넌 겨."

"그려?"

"그려. 그러니 내가 올마나 화딱지가 나겄어. 너 오늘 나헌티 한 번 맞어 죽어 봐라. 몽딩일 꼬너잡구 쫓어갔지."

"그리서?"

"아, 이 사람아. 얘기허넌 사람 숨 넘어가넌디 뭐가 들구 그리서 여? 점 쪄들덜 말구 진득허게 기냥 들어. 그려? 근디 이 사람, 그리 서 워찌 됐남?"

이쯤 되면 누가 채근하고 누가 보채는지 구분이 안 된다. 그래도 이렇게 서로 끼어드는 통에 이야기하는 사람은 숨 쉴 틈도 생기고 침 삼킬 여분이 넘친다.

"해튼간이 뾔가 나서 쫓어갔넌디, 내가 쫓어간다구 그눔이 잽힐 눔이간?"

"그렇지."

"근디 그 여수 새낑이가 내가 쫓어가믄 저만침 도망가구 내가 멈 추믄 지두 멈춰 서서 짜웃거리넌 겨. 그리구 내가 돌어서 오믄 지두 따러서 짤레짤레 따러오넌 겨."

107

"그려?"

"그려. 내가 쫓어가믄 내빼구, 멈춰스믄 멈추구, 돌어스믄 따러오구."

"허어 참내, 그 여수가 자넬 퍽이나 좋아혔나 벼. 월매나 좋으믄 그러까이?"

이 정도면 고수다. 그렇다고 이런 수를 받아치지 못하면 얘기꾼이 아니다.

"말 말어, 이 사람아. 내가 그때 그 여수랑 한나절을 연애허다가니 팔자이두 읎넌 여수 자거품까장 생겼으니께."

충청도의 산마루가 길게 늘어져 있다. 그 산마루에 걸려 시간도 더디 간다. 누구는 말을 재촉하고, 누구는 말을 가로챈다. 막히다가 뚫리며 구불구불 한 덩이가 된다. 노인의 추억담에 귀 기울이던 오후 햇살도 자가품 걸린 발목을 이끌고 느릿느릿 서쪽으로 절룩거린다.

우리 동네 되강구

사람들은 아저씨만 보면 놀렸다. 아저씨는 부자였다. 남들보다 농사도 많이 짓고 텔레비전도 동네에서 제일 먼저 들였다. 학벌도 좋았다. 어려웠던 시절, 초등학교도 못 나온 친구들이 가득한데 홀로 늠름하게 중학교까지 졸업했다. 그래서 아저씨는 서울신문도 본다. 수십 가호가 모여 사는 동네에 신문을 보는 집은 딱 둘이었다. 그중 하나가 아저씨네다. 아저씨는 한자가 가득 휘날리는 서울신문을 옆구리에 끼고 다닌다. 사람들이 있는 곳을 지나노라면 슬쩍슬쩍 신문을 펼쳐 보곤 한다.

"어이, 읽두 뭇허넌 신문은 왜 들구 댕기넌 겨?"

"뭔 소리여? 내가 왜 신문을 뭇 읽어?"

"이 사람아, 자네가 한문두 뭇 보매 신문 들구 댕기넌 거 동네 사람이 다 알어."

"뭐여? 내가 왜 한문을 뭇 봐?"

"그려그려, 자넨 한문 참 잘 보지. 보긴 보넌디 읽진 뭇 허잖어? 안 그려?"

"이 사람이, 지끔 뭐 허자넌 겨? 내가 여기 읽어줄 텡께 잘 들어 봐."

"됬네, 이 사람! 우덜이 한문 물른다구 지 맘대루 지어 읽을 꺼 뻔허잖어. 내가 자넬 물르남?"

아저씨는 과시하기를 좋아한다. 남들이 조금만 추켜세우면 자랑이 하늘로 뻗친다. 그런 아저씨를 사람들은 좋아하지 않는다. 그렇긴 하지만 돈 많고 학벌 좋은 아저씨가 이렇게 무시당할 처지는 아니다. 그런데 사람들은 아저씨만 보면 놀린다. 그것은 아저씨 성격 때문이다. 자신의 과시를 남들이 알아주지 않으면 발끈한다. 사실 동네 사람들은 아저씨가 신문에 있는 한자 정도는 읽는 줄 안다고 생각한다. 그러나 아저씨 앞에서는 시침을 떼고 놀린다. 그러면 아저씨는 버럭 돌아선다. 동네 사람들은 그걸 즐긴다.

"내가 왜 한문을 물러? 중학교까지 나왔넌디."

이쯤 되면 사람들이 물러서야 한다. 놀리는 사람들 가운데는 초등학교도 못 나온 사람이 많으니까. 그런데 기가 죽어야 할 사람들이 입가에 비웃음을 흘리며 이죽거린다.

"자네가 중핵결 나왔남? 난 츰 듣넌 소린디?"

"이 사람이, 내가 학교 댕기넌 걸 자네두 봤잖어? 동네 사람덜두 다 알구?"

"어? 그맀나? 내가 자네 열서너 살 적이 가방 메구 산 넘어 떠댕기넌 건 봤넌디, 그게 그거였남?"

이때 옆 사람 하나가 거든다.

"맞어. 저 친구 중핵교 댕긴다고 한참 가방 들쳐메구 설쳤어."

"거봐. 이 사람아. 나 놀릴라구 공연헌 소리 말어."

누군가 자기편을 들어주자 아저씨 어깨가 으쓱 추켜진다. 그런데 편을 들던 그 사람이 뜨악 뒤통수를 친다. 동네 사람들도 거든다.

"근디, 핵겨 댕긴다는 소린 들어봤어두 저 친구가 졸업혔단 소린 뭇 들었어."

"그리기, 나두 뭇 들었넌디."

"월래? 그럼 공부 뭇 히서 중핵겨 댕기다 쬧겨난 겨?"

"아, 그리서니 신문이 있넌 한문두 뭇 읽넌구먼."

이쯤 되면 아저씨의 목소리가 발작을 일으킨다.

"뭐여? 내 졸업장 가꽈보까?"

그럴수록 사람들은 흐물흐물 웃어댄다. 놀리는데 상대가 열 받지 않으면 재미가 없다. 놀리는 건 약 오르라고 하는 짓이고, 그래서 놀려도 화를 내지 않는 사람이라면 놀리라 해도 안 놀린다. 아저씨는 그런 면에서 적격이다.

"졸읍장이 있긴 있남?"

"이씨, 전에 자네 우리 집이 왔을 적이 봤잖어?"

"그게 진짠지 가짠지 내가 아남?"

"내 다시 가꿀 테니께 기다려."

아저씨가 씩씩거리며 돌아선다. 멀어져 가는 아저씨의 등 뒤로 누군가가 소리친다.

"이 사람아, 기다리긴 바뻐 죽겄넌디 뭘 기다려?"

삼인성호三人成虎, 세 사람이 모이면 없는 호랑이가 벌떡 일어선단다. 아저씨만 보면 사람들은 이구동성 죽이 맞았다. 놀림감에도 3박자가 있다. 놀림감은 만만한 상대여야 한다. 놀리는 재미가 있어야 한다. 뒤끝은 없어야 한다. 아저씨는 전혀 그럴 것 같지 않은데 사람들이 만만하게 대한다. 남들보다 돈도 많고, 남들보다 더 배웠는데도 만만하다. 아저씨가 평소 잘난 체하지 않고 조금만 진중하다면 동네 사람들의 존경도 받을 것만 같다. 그런데 아저씨는 남들이 놀리면 자존심이 상한다. 지나는 농담에도 발끈 정색을 한다. 남들이 놀리는 소리란 걸 알면서도 웃어넘기질 못한다. 여기에 성격이 단순 무결하다. 뒤끝이 없다. 발끈 대신 오래 가지 않는다. 아저씨는 머리가 나쁘지 않다. 사람들이 자신을 놀리려 농담한 것을 이해한다. 그 순간 욱할 뿐 자리를 벗어나면 풀어진다. 성미가 독하지도 않다. 투덜투덜 돌아섰다가 다시 만나면 지난 일을 들추지 않는다.

놀림을 당한 사람이 상처를 입는다면 사람들은 함부로 놀리지 않는다. 그를 놀리는 것은 그저 재미 삼아 하는 것이지, 그에게 지울 수 없는 상처를 주고자 함이 아니다. 아저씨는 그 자리에서 발끈 화를 낼 뿐 오래가지 않는다. 그래서 아저씨는 같은 놀림을 되풀이

당한다.

"엊그제 졸읍장 갖고 온다매 왜 안 가져온 겨?"

"자네덜이 볼 것두 읎다구 힜잖어?"

"그리두 진짠가 허구 우덜은 몇 시간이나 기다렸넌디. 중핵겨라
두 댕기다 만 사람이 그렇기 그짓말허문 뭇 쓰넝 겨."

"우씨. 나 중학교 졸업했다니깐."

"한문두 물르넌 사람이 먼 졸업이랴?"

"우씨, 나 자네덜 보기 드러워서 집이 갈 텨."

그런 아저씨가 오늘도 말꼬리를 잡혔다. 회관 앞에서 아저씨가
말강구 얘기를 꺼낸다.

"내가 어렸을 적이 싸전서 일을 점 했잖어. 그때 쥔헌티 말여. 말
강구가 말질두 뭇헌다구 지청구 숱허게 들었어."

말을 시작하자마자 대뜸 옆 사람이 껴들었다.

"야아, 늬가 무슨 말강구를 혀? 너는 되강구였어, 이눔아!"

아저씨가 발끈하며 설전이 오간다.

"뭐여, 이 사람이! 내가 싸전서 2년을 일했넌디 워째 되강구여?
나는 말여, 말강구였어, 말강구."

"아녀, 이눔아. 내가 장날마두 지나댕기매 널 봤넌디 넌 맨날 됫
박만 들구 있었어. 그러구 내가 너 싸전 쥔헌티 되질두 뭇헌다구 혼
구녕 나넌 소릴 한두 번 들은 중 알어?"

"아니, 그건 내가 츰이 들어갔을 적 얘기구, 야중인 내가 말강구
를 했단 말여."

"개뿔, 싸전 2년두 못 버티구 쫓겨난 늄이 되강구지 뭔 말강구 랴? 하하하."

둘이 싸우는 사이에 중재자가 끼어든다. 중재자는 한술 더 뜬다.

"아, 이 사람덜아. 재미난 옛날 얘기허다가 쌈 허겄네. 저 친구가 되강구였단 것은 동네가 다 아넌 것이니께, 자네가 참어."

아저씨는 중학교를 졸업하고 집안 아저씨가 운영하던 싸전 일을 도운 적이 있었다고 한다. 그때 말질도 하고 되질도 했던 모양이다. 남들은 그것이 생업이었겠지만, 아저씨에겐 그저 아르바이트 정도였다. 그런데 남들에게 시답잖은 말강구 두어 해 한 일을 자랑하니 동네 사람들이 말꼬리를 잡은 것이다.

실상 말강구나 되강구가 뭔 차이가 있겠는가. 말질을 하든 되질을 하든 남의 집 싸전 점원이란 사실이 변하는 것이 아니다. 말강구와 되강구가 상하 구분되어 있는 것도 아니다. 하얗게 서릿발을 이고서도 여전히 씩씩거리는 아저씨, 어쩌면 세상은 말과 되의 크기로 사람을 재단하는 것만 같다. 그래서 지금도 뒷박에 돈푼이나 쌓아놓은 말강구들이 가득한 모양이다.

개뿔, 뭔 축구시합?

　　　　　　　　　　충청도 사람들의 말은 사뭇 느
리다. 말만 느린 것이 아니고 행동도 느리다. 말과 행동이 느리다
보니 생각과 판단도 느리다. 도무지 급한 것이 없다. 당장 소나기가
쏟아질 듯 천둥이 쳐도 서두르는 내색이 없다. 거기에 자신의 생각
을 분명하게 드러내지도 않는다. 답답하다. 상대는 숨넘어가는 데
도 빨리 대답하는 법이 없다. 어쩌다 나오는 대답도 빙빙 돌려 말을
하니 뭔 소린지 알 수가 없다.

　내가 대학에 다니던 1986년 봄, 표준어를 아주 똑 부러지게 쓰는
선배가 있었다. 그는 충청도 대덕에 사는 촌놈이었다. 지금이야 대
전에 편입되고 개발되어 대덕이 삐까번쩍한 대도시의 풍모를 뽐내

고 있지만, 30년 전만 해도 대덕은 완전 깡촌이었다. 촌놈이면 촌놈
답게 충청도 말을 써야 할 것이라고 나는 생각했지만 그는 도무지
표준어만 썼다. 그러나 말 품새를 보면 그는 영락없는 충청도 촌놈
이었다. 그가 선택해 쓰는 단어는 분명 표준어였는데, 그와 말하다
보면 충청도 본토박이의 기질이 그가 쓰는 어법과 문장에 고스란
히 배여 있었다.

그해 봄, 나는 독한 감기에 걸려 이틀이나 학교에 나가지 못했다.
종일 자취방에 누워 끙끙 앓고 있는데 주인집 아주머니가 '학생, 전
화 왔으니 받아 봐요.' 한다.

무거운 몸을 기신기신 움직여 전화를 받으니 그 선배다.

"너, 감기 걸렸다며? 그래서 학교도 못 나온 거라며?"

"이, 좀 심허게 걸렸네."

"그래? 그럼 내일 아침 학교 운동장으로 나와. 우리 축구 시합하
기로 했어."

"난 꼼짝 못혀. 그러닝께 형덜이나 히여."

'독감에 걸려 학교도 못 간 후배한테 축구시합이라니. 아파 죽겠
는데 별 시시껄렁한 소릴 다 듣는군.' 생각하며 거절하는데 퍼뜩 떠
오르는 것이 있었다.

"아냐, 꼭 네가 있어야 해. 그러니까 내일 아침밥 꼭 먹고 뛰어
와."

"알었어."

"낼 안 나오면 그냥 안 둔다."

단호했다. 안 나가면 안 될 것 같은 단호함!

"알었어."

전화가 툭 끊어졌다.

내일은 토요일이다. 나는 무거운 몸을 이끌고 저녁밥을 지어 먹었다. 감기약을 먹었다.

다음날 아침, 나는 일어나지 않았다. 대신 오후까지 잠만 잤다. 꿈도 꾸지 않고 늘어지게 자는 동안 아무도 방해하지 않았다. 선배의 전화도 없었고 찾아오는 이도 없던 저물녘, 나는 감기를 털고 일어났다.

월요일에 학교에 가니 선배가 나를 기다리고 있었다.

"왔구나. 반갑다."

"고마워."

"감기는 다 나았냐?"

"덕분에. 축구시합 잘 했어?"

"개뿔, 뭔 축구시합?"

말은 쓰는 사람에 따라 달라진다. 충청도 사람들이 흔히 쓰는 말에 '다리 다친 사람더러 공 차러 나오라 한다.'라는 말이 있다. 다리를 다쳐 움직이지 못하는 사람에게 공을 차러 나오라니. 말 그대로 들으면 놀리는 말이다. 놀려도 그냥 놀리는 말이 아니라 아예 악담이다. 그러나 이 말을 충청도 사람이 쓰면 뜻이 달라진다. 얼핏 놀리는 말 같지만 그 속엔 '다친 다리가 빨리 나아서 함께 뛰어놀고 싶다.'는 위로의 뜻을 담고 있다.

한 자락 깔고 에둘러 표현하기. 그것은 충청도 사람이 즐겨 쓰는 말법이다. 충청의 말법에는 힘들고 어려운 상황을 긍정으로 바꿔 표현하는 재치가 있다. 직설로 드러내지 않고 퍼즐을 꿰어 맞춰가야 하는 은유가 있다. 생각할수록 우려낸 진국같이 그윽한 여운이 있다.

선배의 말 품새가 그랬다. 전화가 흔하지 않던 시절, 누가 월셋집 주인의 전화번호를 알아내 전화를 줄까. 내일 아침까지는 감기가 나아서 함께 놀았으면 좋겠다고 위로의 마음 전해줄까. 아침밥 챙겨 먹고 힘내어 뛰어오는 너를 보고 싶다, 누가 말 전해줄까. 감기가 낫지 않아 네가 여러 날 아프다면 참을 수 없겠노라, 누가 걱정해줄까. 월요일 아침 남들보다 일찍 등교하여 누가 나를 맞아 줄까.

충청도 말법을 모르는 사람들은 이해하지 못한다. 아파서 누운 친구에게 공 차러 나오라는 말을. 당연히 못 나갈 상황에서 '알았다'고 대답하는 충청도 사람의 속내를. 그 대답이 내일 축구하러 나가겠다는 대답이 아니라, 상대의 따뜻한 마음을 '알았노라'는 고마움의 표현임을. 또박또박한 표준어에 충청의 말법을 적용하던 선배, 그 말뜻을 새겨들을 줄 알던 나는 천생 충청도 사람이었다.

삼시 번 규칙

충청도 사람덜은 좋아두 좋단 소릴 뭇허구 싫어두 싫단 소릴 뭇혀. 좋으믄 그저 입 벌리구 '히이' 허구, 싫으믄 눈 내리깔구 '뚜우' 허니 입 다물지. 그러구 넘덜이 뭔 부탁을 허문 딱 잡어 거절을 뭇허구 꾸물거리지. 승질 급헌 타지방 냥반덜 그런 거 보믄 환장허는 겨.

"이 사람아, 속 선히 대답 점 혀 봐."

허구 다그치면 그저서 헌다넌 소리가

"그려."

"알었어."

딱 그 둘 중 하나여.

근디 이게 문제여. 충청도 사람이야 다덜 알어 듣지먼, 이게 진짜 그렇다는 것두 아니구 진짜 알었다넌 소리가 아니라니께. 상대방이 다그치니께 '싫어, 안 되여.' 라넌 말은 뭇허구 마지뭇혜 '그려. 알었어.' 허넌 겨. 이렇기 충청도 사람덜은 좋아두 '그려'구 싫어두 '알었어'인디, 이 말뜻을 물르넌 타지방 냥반덜은 다 될 중 오해를 헌다니께.

"자네 낼 우리 집이 점 댕겨가."

"나 낼 바쁜디."

"바뻐두 중헌 일이닝께 꼭 점 와줘."

"그려, 알었어."

담날 죙일 지둘러두 이 냥반 안 와. 왜 그러냐구? '그려, 알었어.' 라는 것이 낼 꼭 가겄다는 말이 아니구, "그려, 내 자네가 오라넌 말뜻은 알어 들었네."라는 거거든.

이렇기 부정두 긍정이루 표현허넌 것이 충청도의 말이구, 이런 언어문화 속이 댐긴 것이 충청도 사람덜의 느긋헌 기질이여. '충청도 사람덜은 뜨듯미지근허다, 속을 통 물르겄다.' 허넌 소리는 타지방 사람덜이 충청도 말을 잘 이해허덜 뭇허구 허넌 소린 겨.

충청도 사람덜 속을 알 수 있넌 알맹이 하나 더 일러디리까? 충청도 사람덜헌틴 '삼시 번 규칙'이란 게 있어. 시 번 물어봐야 속마음을 털어놓넌다, 그런 뜻이지.

서울 사위가 충청도 처가에 와봐. 장모가 씨암탉 잡구 고봉밥을 내오잖어. 사위가 밥을 다 먹으믄 장모가 그러지.

"사우, 먼질 오너라 배 고펐지? 밥 더 먹어."

허매 밥을 퍼 디밀어.

"어이구, 장모님. 많이 먹었어요."

사위가 사양히두 장모는 막무가내루다 더 퍼주능 겨.

"아니, 젊은 사람이 고것 먹구 뭣헌댜? 점 더 먹어."

이쯤 되믄 사위가 더 사양을 뭇허구 밥을 더 받게 되넌디 말여. 한 번 더

"아이구, 장모님. 진짜 배불러요."

허문

"아녀, 그리두 점 더 먹어봐."

허매 한 번 더 권허지. 그때

"아니에요. 진짜 맛있게 많이 먹었어요."

허문 더 권허덜 않구,

"그려? 그럼 접짝이서 과일이나 점 깎어 먹어."

라구 허지.

이렇기 시 번을 권허넌 게 충청도 예절이여. 충청도 사람덜은 부족히두 부족허단 소릴 뭇허잖어. 그러닝께 사위두 배가 덜 찼넌디 처가가 어려워서 밥 더 달란 소릴 뭇허넌 것은 아닌가 혀서 권허고 또 권허넌 거지. 이렇기 충청도 사람덜은 시 번을 묻넌 예절이 있어. 그러구 이 시 번채 물은 다음이 나오넌 말이 충청도 사람덜의 본심이여. 다른 얘기 하나 더 허까?

"니알 자네 집이 뭔 일 있다매?"

"벨 일은 읎어."

"진짜 벨 일 읎넌 겨?"

"이, 째끄만 일이 있긴 있넌디."

"그려? 그 째끄만 일이 뭐여?"

"이, 니열이 울 엄니 환갑이여."

본시 충청도 사람덜이 이려. 이런 걸 삼시 번 규칙이다 허넌디, 충청도 사람덜 속은 시 번 물으야 답이 나온다 그런 겨. 그러닝께 충청도 사람 속이 궁금헐 적인 꾹 참구 느긋허게 시 번 물어 보믄 된다닝께.

근디 말여. 이걸 물르넌 타관 냥반덜은 충청도 사람덜 보믄 속 점 터지겄지?

암것두 안혀

충청도 산촌의 겨울은 한가롭다. 가을 추수가 끝나고 농한기가 되면 사람들은 산으로 몰려들었다. 방안을 데울 나무를 하기 위해서다. 부지런한 산촌의 나무꾼들은 눈이 오기 전에 겨울 땔나무를 준비했다. 11월이면 산에 올라가 생솔가지를 쳐 내렸다. 잡목을 베어 산등성이에 널어놓았다. 그리고 12월이 되면 마른 나무를 모아 지게로 져 내렸다.

아버지는 날이 매워지면 농번기에 쓸 새끼를 꼬았다. 새끼줄은 산촌 생활에 가장 중요한 도구였다. 1년 동안 필요한 새끼를 사람들은 겨우내 꼬아두어야 했다.

아버지는 그날도 새끼를 꼬고 있었다. 헛간에는 지난 가을 추수하고 남은 볏짚이 산처럼 쌓여 있었다. 이른 아침 볏단 두어 개를 꺼내어 독메겡이로 짓찧었다. 뻣뻣했던 볏짚이 풀어지고 볏줄기에 붙어있던 지푸라기들이 아버지의 손가락 사이로 추려졌다. 아버지는 짚단 위에 물을 뿌렸다. 미지근한 물이었다. 찬물을 뿌리면 짚이 얼어붙기 일쑤였다. 뜨거운 물을 뿌리면 줄기가 너무 부드러워져 새끼 꼬기가 어려웠다.

추려진 한 단의 짚은 한 사리의 새끼줄이 되었다. 아버지는 늘 두 단의 짚을 추렸다. 그것은 아버지가 꼴 수 있는 하루 분이었다. 아침을 먹은 아버지는 아랫방으로 들어가 새끼줄을 꼬았다. 아버지는 점심을 꼭 12시에 맞췄는데 한 사리의 새끼는 11시가 넘으면 끝났다. 점심을 먹고 한 사리의 새끼를 더 꼬면 해가 기울었다. 두 사리의 새끼 꼬기를 마친 아버지는 쇠죽을 끓이고 하루 일과를 정리했다.

그날은 아침 일찍 아랫집 아저씨가 마실 왔다.

"오셨남유?"

"이, 그려."

내 인사를 받는 둥 마는 둥 아저씨는 아랫방으로 들어갔다. 아저씨는 늘 그랬다. 성의 없이 내 인사를 받고 허락 없이 아버지 방문을 열었다.

"뭐더?"

아저씨의 단골 질문이다. 아버지가 새끼를 꼬고 있는 것을 알면서도 무엇 하느냐 묻는다. 쇠죽을 쑤는 아버지를 보고도 '뭐더?'라고 묻고, 쟁기질을 하는 것을 보면서도 '뭐뎌?' 묻는다.

그런 아저씨를 아버지는 쳐다보지 않는다.

"암것두 안혀."

찾아온 친구를 쳐다볼 새도 없이 바쁘게 새끼만 꼬고 있는 아버지의 대답은 황당하다. 새끼를 꼬는 것을 보면서도 무엇을 하고 있느냐고 묻는 아저씨나, 새끼를 꼬고 있으면서도 아무것도 하고 있지 않다고 대답하는 아버지가 그렇다. 그러나 나는 그런 일에 의문을 제기하지 않는다.

아저씨가 아버지와 나란히 앉는다. 방 가운데를 차지하고 새끼를 꼬던 아버지가 궁둥이를 들썩이며 한쪽 자리를 내준다. 아저씨는 자기 것이라도 되는 듯 윗목에 있는 볏짚을 끌어당긴다. 아버지가 오후에 꼴 짚단이다. 아저씨는 아버지와 경쟁이라도 하듯 새끼를 꼰다. 11시가 넘어 두 사리의 새끼가 만들어질 동안 아무 말이 없다. 두 사람은 나란히 새끼 사리를 메고 나온다. 아저씨는 한나절 꼰 새끼 사리를 자신의 집으로 가져가지 않는다. 헛간에는 새끼 두 사리가 얹어진다.

아저씨는 돌아가며 아버지에게 인사를 건넨다. 들어올 때 '뭐뎌?'라고 인사한 뒤 처음 하는 말이 하직이다.

"갱굴 저더러 친구가 아침나절이 경칩붉은개구리을 잡으러 갔어. 꽹이허구 바께쓰를 들구 나스더먼."

아버지는 아저씨에게 잘 가란 말을 하지 않았다. 새끼줄을 꼬아 줘 오후에 시간이 남게 되었다는 인사치레도 당연히 하지 않았다.

대신 아버지는 점심을 먹고 나자 바로 집을 나섰다. 나는 저더러 집으로 향하는 아버지의 발걸음 뒤로 인사를 전했다.

"아버지, 저녁이 오실 거쥬?"

"물러."

나는 묻지 않아도 아버지의 대답이 무엇을 뜻하는지 안다. 아버지는 시간 관념이 정확한 사람이다. 아버지는 저녁이 되기 전에 올 것이다. 자신의 일을 남에게 미루지 못하는 분이니 해가 저물기 전에 돌아와 쇠죽을 쑬 것이다. 아버지의 '물러'는 더 늦을지 모른다는 대답이 아니라 저더러 집 분위기에 따라 더 일찍 올 수도 있다는 말이다.

나는 아저씨가 다녀간 까닭에도 환하다. 아저씨가 한나절 새끼줄을 꼬아준 것은 아버지와 함께 오후를 즐기기 위한 것이다. 아버지는 돌아올 때 컬컬한 막걸리 냄새를 달고 올 것이다. 불콰하게 달아오른 얼굴빛으로 흔들리는 다리를 추스르며 쇠죽을 쑬 것이다. 끓는 가마솥을 열면 짙은 안개가 부엌을 가득 메울 것이다. 그 안개 속에서 아버지는 쇠죽을 통에 담아낼 것이다.

산촌의 충청도 사람들은 빚 주기를 즐겨하고 빚 지기를 싫어한다. 아버지는 다음날이나 그 다음날 말없이 아저씨네로 마실 갈 것이다. 그곳에서 아버지는 새끼줄을 꼬고 있을 것이다. 한 사리가 아니라 두 사리를 꼬아 주고 있을 것이다. 아니 장작을 패주고 있을지도 모른다. 한나절이 아닌 두 나절의 장작이 아버지 손에 쪼개지고 있을 것이다.

나두 점 살 것 같어

충청도의 겨울 산촌에 손이 찾아들었다. 손을 맞는 집안에서는 아침부터 음식 준비가 한창이었다. 점심나절에 찾아든 손은 새로 맞게 될 새 사위였다. 혼기가 찬 딸이 얼마 전 예산다방에서 선을 보았다. 서울 총각이었다. 서울에 사는 친척이 다리를 놓아 만난 두 사람은 눈이 맞고 배도 맞았다. 혼사는 쏜살처럼 진행되고, 신랑이 신부 집에 첫인사를 하러 왔다.

좁은 안방에 푸짐한 상이 차려졌다. 아랫목에는 장인과 장모 될 사람이 앉고, 윗목에는 새 사위와 딸이 다소곳했다. 식사가 끝나자 사람들이 모여들었다. 인근의 친척 어른들이 찾아왔다. 새신랑을 구경한다고 동네 사람들이 끼어 앉았다. 이제 방안은 움직일 자리조차 없었다.

새 사위는 자꾸만 방구가 나오려 했다. 장모가 권하는 밥을 너무 먹었다. 장모는 먼 길 오느라 고생했을 거라며 끝없이 더 먹기를 권했다. 밥그릇이 비기도 전에 새 밥을 퍼 건넸다. 퍼주는 밥을 마냥 사양할 수 없어 먹다 보니 두 그릇을 비웠다. 장인은 때 없이 반주를 권했다. 넙죽넙죽 받아먹다 보니 그렇잖아도 부른 배가 울렁거린다. 속 모르는 남들은 자기 얼굴만 쳐다보고 있다. 쉴 새 없이 묻고 말을 시킨다. 어려운 자리의 주인공이다 보니 방구를 뀌고 오겠노라 밖에 나갈 수도 없다. 속이 끓고 얼굴이 노랗게 변하기 시작한다.

"부드드드."

참고 참던 방구가 엉덩이 사이를 비집고 나왔다. 가랑이 사이로 김새는 소리가 삐질거리며 달아난다.

'들었을까? 아니, 작아서 안 들렸을지도 몰라.'

방구를 뀌었는데도 속이 개운하질 않다. 사람들은 방구 소리를 들었는지 못 들었는지 여전히 떠들어대고 있었다. 그러던 어느 순간 사람들의 말소리가 뚝뚝 끊어지기 시작했다. 입을 다물고 대신 코끝에 손을 올렸다.

"이게 웬 구룬내랴?"

"코가 썩겄구먼."

아무도 이렇게 말하는 이가 없었다. 한겨울 좁은 방안에 정적이 가득했다. 아니 내장 썩는 냄새가 진동했다. 그때 장모가 일어섰다.

"아이고, 왜 이렇기 몸서 열이 난댜?"

그녀는 사람들 사이를 비집고 방 뒤쪽으로 난 창문을 왈칵 열어 젖혔다. 한겨울 얼어붙은 바람이 득달같이 날아들었다.

"아니, 엄만 춘디 왜 창문을 연댜?"

속 모르는 작은딸이 창문을 닫으려고 몸을 일으켰다.

"야아, 창문 닫지 말어. 새 사우 온다구 느이 어매가 군불을 때싸서 그런가 나두 무진 열이 나너먼."

"그려. 나두 시방 한참 더워서 창문을 열었으믄 싶었다니께."

방안 사람들이 한 마디씩 거들었다. 더워 못 견디겠다는 사람들이 달려드는 겨울 바람에 몸을 움츠렸다.

"거 이상하네? 난 춰 죽겠는디?"

작은딸이 몸을 옹그리며 입을 비죽거리는 사이 찬바람은 방안을 휘돌아 구린내를 몰아갔다. 구린내가 가시니 신선하다 못한 한기가 가슴을 시리게 했다.

"아유, 창문을 점 여니께 인전 살 것 같구먼."

장모가 눈치를 살피며 창문을 닫는다.

"그려, 찬바람이 휘 지나니께 나두 점 살 것 같어."

누군가가 맞장구를 쳤다.

'죄송해요. 제가 방귀를 뀌는 바람에.'

새 사위는 이 말이 머릿속을 맴돌았다. 그러나 그 소리는 입 밖으로 나오지 못했다.

충청도의 말뽄새는 늘 그렇다. 솔직하지 못하다. 방구 냄새를 지우기 위해 몸은 창문을 향하지만 입으론 그리 말하지 않는다. 누군

129

가가 새신랑이 방구 낀 사실을 들춰 말한다면 그는 점잖은 사람이 아니다. 그저 입바른 사람이 될 뿐이다. 뻔히 알지만 충청도 사람들은 그 사실을 입에 담지 않는다. 구린내가 다 가실 때까지 방구 낀 사람을 쳐다보지 않는다. 무안한 사람을 엿보는 일은 충청도 사람이 할 짓이 아니기 때문이다.

혼인을 하고, 서울 사위는 자신을 종종 충청도 아내를 맞은 행운아라 지칭했다. 남의 곤궁을 이해하고 살펴주는 충청도 사위가 된 것을 자랑으로 여겼다. 속 깊은 우리 장모님, 지혜로운 우리 장모님, 장모 자랑을 때 없이 하고 다녔다.

제3부

험데기 벳기기

아버지의 호차리

'호차리'는 '회초리'의 충남 방언이다. '회초리'는 '회나무 가지로 만든 채찍'라는 뜻인데, '호차리'가 꼭 충남 지방에서만 쓰인 말은 아니다. 경상도에서나 전라도, 북한 지방에서도 '훼차리, 호초리, 회채, 회채리' 따위의 말과 함께 널리 쓰였다. 다만 충남 지방에서는 오직 '호차리'라 했다. 그래서 전국방언사전에도 '호차리'는 충청방언으로 등재되어 있다.

난 이 '호차리'를 기억하기까지 보름 동안 글앓이를 했다. 매달 하순이면 지역소식지에 실을 충청말에 대한 글을 써야 한다. 그런데 이야깃거리가 통 생각나지 않는다. 원고 마감날을 넘기고도 이야깃거리는 떠오르지 않는다. 종일 가슴만 쓸어내리다가 아내에게 하소연을 했다.

"미치겠네. 원고 마감날이 어제인디 쓸거리가 읎어."

"대술서 어머니가 봄나물 잔뜩 보냈넌디 나물 얘기 써 봐. 두릅, 싸릿순 같은 거 좋잖어."

"두릅허구 싸릿순은 표준말이여."

"아니면 봄이닝께 버들피리 같은 얘길 써 봐."

"버들피리는 충청도이 읎어. 그건 호띠기지."

"그럼 호띠기 쓰면 되겠네."

"호띠기에 대헌 얘깃거리는 딱 떠오르넌 게 읎넌디…."

"그럼 회초리는?"

"회초리? 회초리가 충청도 말루 뭐더라? 충청도 말에선 이중모음 'ㅚ'나 'ㅟ'는 무성음 앞서서 'ㅣ'가 떨어져 나가닝께…, 호초리? 아하, 맞다. 호차리다. 호차리. 흐흐, 호차리, 오랜만이 써보넌 말이다. 그지?"

나는 어려서 아버지에게 호차리를 맞은 기억이 두 번 있다. 두 번 다 책을 사 달라고 조르다가 맞은 것이다. 처음 아버지에게 호차리를 맞은 것은 초등학교 3학년의 봄이었다. 학교에서 선생님이 『고전문학집』이란 책을 소개했다. 홍부전, 춘향전 따위의 책 5권을 보여주면서, 좋은 책이니 읽고 싶은 사람은 부모님께 50원을 타오면 된다는 것이었다.

"다섯 권이 오십 원이믄 되게 싸다이?"

웅성거리던 다음날, 책에 관심이 있는 몇 명의 친구들이 부모님에게서 타온 50원을 선생님에게 전해 주었다. 나는 그것이 부러웠다. 애타게 읽고 싶었다. 저녁을 먹으며 아버지에게 그 책을 사 달라고 졸랐다. 아버지는 저녁상을 물리도록 아무 대답이 없었다. 며칠이 지나자 선생님은 내일까지 책값을 가져온 사람만 책을 받을 수 있다고 했다.

이제 마지막 날이다. 나는 아침을 먹기 전부터 책을 사 달라고 아버지에게 떼를 썼다. 아버지는 여전히 대답을 하지 않다가 식사를 마치곤 지게를 지고 밖으로 나갔다. 나는 엄마를 따라 다녔다. 엄마는 한숨을 쉬며 집안일만 했다. 나는 학교에 가지 않았다. 안마당에 서서 무언의 시위를 했다. 얼마나 시간이 지났을까? 아버지가 지게에 꼴을 한가득 지고 들어왔다. 아버지는 학교에 가지 않고 안마당에 서성이고 있는 나를 보고는 얼굴이 굳어졌다. 아버지는 말없이 헛간에 가더니 싸리 빗자루에서 싸릿가지 하나를 빼들었다. 그리곤 바지를 걷고 토방에 올라가라 했다. 나는 묵묵히 다리를 걷어 올렸다. 내 종아리로 아버지의 호차리가 후려졌다. 하나, 둘, 셋. 바라보던 엄마가 안타깝게 소리쳤다.

"이눔아, 잘못했다구 얼릉 아버지헌티 빌어."

"다신 안 그러겠다고 히여, 이눔아."

"그렇지 않으믄 도망이라두 쳐, 이 미련헌 녀석아."

나는 그러질 못했다. 한 번도 호차리를 맞아본 일이 없던 나는 맞는 일이 꿈결같이 느껴졌다. 비는 것도 도망가는 것도 할 수가 없었다. 아버지는 말없이 몇 번인가 내 종아리를 더 쳤고, 나는 호차리를 맞으며 말없이 울었다. 엄마는 오랫동안 끌어안고 내 종아리를 매만지고, 아버지는 방에서 무언가를 써서 편지 봉투에 담아 주었다.

"선생님헌티 갖다 디려. 그러구 얼릉 핵겨 가."

학교에 가는 길이 참 한산했다. 매일 친구들과 떼 지어 다니던 아침 등굣길이 아니었다. 바쁜 농촌의 동네 길은 텅 비어 있고, 한낮의 햇살은 뜨겁게 내리쬐고 있었다.

학교에 도착하니 조용하기만 했다. 지금은 몇 교시를 하고 있는 것일까? 복도를 조용히 걸어 교실 문 앞에 서니 지금까지 살아온 세상이 아닌 딴 세상에 온 것만 같았다. 교실 뒷문을 열고 들어설 때엔 아무 생각도 나지 않았다. 공부하던 아이들의 눈이 한꺼번에 내 몸에 박히는 느낌. 선생님도 잠시 수업을 멈추고 나를 바라보고. 나는 책상에 책보를 풀고 아버지의 편지를 선생님에게 전했다. 선생님이 아버지의 편지를 읽는 잠시 동안이 참 길게 느껴졌다.

"자리에 앉거라. 공부하자."

자리에 앉아 어찌해야 할지를 몰라 하던 사이에 수업 끝을 알리는 종소리가 울렸다. 그런데 선생님이 교실 밖으로 나가질 않았다. 무슨 일일까? 궁금해 할 즈음 선생님은 청소 당번들은 남아 청소하고 다들 집으로 가라 했다.

나는 수업이 끝나는 점심 무렵에 학교에 도착한 것이었다. 나는 방금 전에 풀어놓았던 책보를 다시 싸들고 돌아서야 했다.

"공부 다 끝났넌디 핵겨는 뭐더러 왔댜?"

아이들의 수군거림을 들으며 나는 집으로 돌아왔다.

137

4학년이 되어서 책을 사달라고 한 차례 더 시위를 하다가 또 호차리를 맞았다. 그땐 두 시간이 끝날 즈음 학교에 들어설 수 있었다. 그리고 그 뒤로 나는 아버지에게 호차리를 맞은 기억이 없다.

나는 책 읽기를 좋아했다. 누군가가 만화책이나 동화책을 가지고 있다는 말을 들으면 어떻게든 그것을 빌려다 읽었다. 안 빌려주려고 하던 친구들도 딱지며 구슬이며, 밤이며 호두 따위를 구해다주면 빌려주었다. 지금같이 책이 흔하질 않아서 많은 책을 읽지는 못했지만 교실 한 칸으로 된 학교 도서실, 그 도서실의 뒷벽을 가득 채운 책장에서 책을 고르며 마냥 즐겁게 읽어가던 책들. 전기가 들어오지 않아 밤이면 책을 읽을 수 없어 빌려온 책을 어둡기 전에 다 읽기 위해 조바심하던 시절. 어른이 된 뒤로 나는 그때처럼 책을 재밌게 읽은 기억이 없다.

그리고 책만큼이나 나는 아버지가 좋았다. 아버지의 호차리에는 불같은 화가 실리지 않아서 좋았다. 늦었지만 학교로 가라는 아버지의 말이 좋았다. 허약한 아들이 아파서 결석을 하거나 지각을 할 때마다 선생님에게 써주던 아버지의 편지가 좋았다.

그 편지 내용이 어떤 것이었는지 나는 모른다. 그러나 아버지의 편지가 책과 비슷할 것만 같아 좋았다. 말없이 호차리를 후려가던 아버지의 손길. 붉게 충혈된 내 종아리. 지금은 모두가, 그리운 봄날이다.

오돌나무의 추억

내가 '오돌나무'라는 사투리를 기억해 낸 것은 순전히 '옻' 탓이다. 나는 옻이 올라 애를 먹은 적이 몇 번 있다. 또렷하게 기억하는 것이 예닐곱 번이고, 이 가운데 세 번은 올여름과 가을에 탄 옻이다.

돌담으로 둘러쳐진 우리 집. 뒤란 돌담 위에는 세 그루의 참옻나무가 있다. 4~5월이면 새순이 연녹색으로 탐스럽고, 가을이면 빨갛게 몸을 달구는 단풍잎! 이 옻나무의 겉모습만 보고 '참 이쁘구 화려하구나!' 하고 말하는 이가 있다면 그는 옻을 타보지 않은 사람이다.

초등학교 시절, 뒤란의 돌담 위를 넘어 뛰어다니던 내가 옻으로 고생하자 어머니는 그 옻나무가 달갑지 않았다.

"옻순도 뭇 먹넌 집안이 먼 오돌나무래유? 넘덜 옻순 따준다다가 애 잡겄유."

아버지는 그날로 옻나무를 베어버렸다. 그해 내내 옻나무는 돌담 위에서 보이지 않았다. 그러나 다음 해 봄이 되자 옻나무는 다른 곳에서 살아났다. 몸통은 죽어 사라졌지만, 베어진 옻나무 밑동에서 뻗어간 뿌리가 몇 미터 밖에서 새움을 틔운 것이다. 아버지가 낫을 들고 나설 때 내가 말렸다.

"지가 안 근대리믄 되닝께 일부러 비덜랑은 말유."

그래서 그 옻나무는 지금까지 집 뒤 돌담 위에 살아 있다. 나와 같이 살아온 세월이 수십 해이니 아름드리가 되었을 것이지만, 실은 지금도 작달막한 난쟁이 옻나무다.

이렇게 난쟁이가 된 까닭도 내 탓이다. 옻나무가 제법 커오를 때마다 아버지는 가지를 쳐버렸다. 그냥 베어 버리기엔 아깝고, 혹시라도 커 가는 아들이 옻을 올릴까 해마다 가지를 후리니 옻나무는 제대로 자라지 못했다.

내가 결혼을 하고 분가를 한 이후에도 아버지는 옻나무 가지치기를 멈추지 않았다. 심하게 가지를 쳐버린 해엔 옻나무가 아픔을 다 견디지 못하고 눈을 감았다. 그렇게 돌담 위의 우리 옻나무는 몇 번에 걸쳐 죽었다. 그러나 그때마다 옻나무 뿌리는 몇 발자국 옆에 새순을 틔웠다.

그러던 아버지는 몇 해 전부터 옻나무 가지치기를 멈추었다. 커 가는 옻나무 가지를 치기엔 몸이 말을 듣지 않는 것이다.

늙어가는 아버지를 따라 집을 지켜주던 돌담도 무너져 내렸다. 뒤란으로부터 집 주위를 빙 에두른 돌담. 그것은 산과 이웃과의 경계였다. 아버지와 함께 쓰러지고 다시 일어서기를 되풀이하던 돌담. 그러나 세월이 흘러 아버지는 노쇠하고, 돌들이 하나둘 무너져 내려도 다시 쌓이지 않았다. 그렇게 무너지는 돌담을 아버지는 오래 지켜보기만 했다. 몇 년을 무너져 내리던 돌들은 뒤란을 누르고 안마당을 누르다가 끝내 아버지의 가슴을 눌렀다.

지난 겨울, 아버지는 무너진 돌담 속으로 돌아갔다. 돌아가는 아버지를 세 그루 오돌나무는 돌담 위에서 애중의 눈빛으로 배웅했을 것이다.

그리고 올해, 나는 이 옻나무 덕에 세 번의 옻오름을 만났다.

지난 여름, 나는 무너진 돌담을 바라보며 돌아간 아버지를 생각했다. 아버지의 더운 숨결이 남아 닿을 것만 같은 무너진 돌담. 이 돌담을 아버지 대신 쌓기로 했다. 돌담 위에는 20여 년 아버지가 정성스레 가꾼 두릅나무가 무성했고, 뿌리를 벋어 번식한 두릅나무들은 돌담 아래와 안마당까지 가시그늘을 드리우고 있었다. 나무들을 베어내고 돌담을 다시 세우기까지는 많은 시간이 필요할 듯싶었다. 나는 한 주일에 한 번씩 시골집에 와서 운동 삼아 돌담을 쌓기로 했다.

처음 돌담을 쌓기 시작한 날의 일은 담 주변을 치우는 것이었다. 담 아래로 벋어나온 두릅나무들을 베어내고, 무너진 돌들을 한쪽으로 치웠다. 그리고 다음 주에 다시 와 무너진 돌들을 치우고 돌담을 새롭게 세울 자리를 만들었다. 괭이를 들어 돌과 흙을 파 내릴 때마다 담 위의 두릅나무 뿌리들이 흙 속에 심하게 엉겨 있었다. 나는 풀을 걷어내고 뿌리들을 낫과 톱으로 끊어내다가, 순간 흠칫했다. 붉디붉게 담 속을 가로지른 뿌리, 눈을 들어 담 위를 바라보았다. 오돌나무가 하나, 둘, 셋. 그 가운데 가장 가까이 선 오돌나무의 뿌리가 분명했다. 나는 붉은 뿌리를 따라 조심스레 괭이질을 하고, 장갑을 낀 손으로 낫을 들었다. 팔뚝보다 굵은 붉은 뿌리 몇 개가 잘라져 돌담 너머로 날아갔다.

다음 날 저녁, 내 사무실엔 모기들이 극성을 부렸다. 몇 마리의 모기가 사무실에 들어와 손을 물어뜯었다. 평소 사무실에 모기가 날아들면 나보단 손님들을 먼저 물곤 했는데, 이날은 유독 나만 물어뜯었다. 팔뚝 여기저기가 가렵고, 빨갛게 부풀었다. 파리채를 들고 모기를 때려잡는다, 부어오른 팔뚝에 물파스를 바른다, 어수선한 저녁이었다. 그리고 그 다음 날, 그 모기 자국이 더 붉게 부풀어 오른 것을 보고서야 나는 돌담 속의 붉은 옻나무 뿌리를 기억했다.

옻이 오르면 대개 그 고생은 20일쯤 간다. 옻나무를 심하게 문지르면 몇 시간 뒤에 부풀어 오르지만, 얼핏 스친 경우엔 하루나 이틀 뒤에 부풀어 오른다. 그리고 2주일 정도 물집이 잡히고 심하게 가렵다.

'2주일은 고생 좀 허게 생겼군.'

그렇게 지내는 동안 팔뚝과 팔목의 가려움이 심해졌다. 손톱만 한 물집이 여기저기 잡히고, 결국 나는 약국을 찾았다. 옻 올린 데 바르는 약을 달랬더니 약사는 아토피성 피부염약을 준다. 발라도 소용이 없다. 일주일을 버티다가 다른 약국을 찾고, 거기서 산 약도 별무신통이라 결국 열흘 만에 피부과를 찾아가고 말았다.

20여 일이 지나 옻오름이 낫고, 다시 돌담을 쌓기 시작했다. 돌담 위의 흙을 긁어내리며 한 칸 한 칸 돌을 쌓아 올렸다. 위쪽의 흙을 치울수록 옻나무의 붉은 뿌리들은 점점 크게 솟아났다. 잠시 망설이다가 조심조심 그 뿌리를 잘라내었다.

'담 위의 저 오돌나무는 내년 봄 새잎을 틔우지 못헐 것이여.'

측은한 눈길을 주며 잘라낸 뿌리들을 치웠다. 그리고 돌아와 나는 다시 옻오름에 시달려야 했다. 참 많이도 조심을 했건만, 옻나무는 손속에 사정을 두지 않았다.

"세상에 저렇게 미련한 양반두 읎다니깐. 옻올리는 것 뻔히 알면서 옻나무 뿌리를 또 근대리다니."

아내의 잔소리를 들으며 또 20여 일을 팔뚝 물집을 어루만지며 보냈다. 그리고 물집이 가라앉자 다시 옻나무와 마주서서 돌담을 쌓았다. 돌들이 솟아올라 가슴 높이가 되고 머리 위로 제법 울타리가 되어 갔다. 담 위의 오돌나무가 섬뜩, 한발 더 눈앞으로 다가온 느낌이다.

'저느무 오돌나무, 저것은 내가 꼭 벼뻔질 겨.'

그리고 돌아서 나는 또 20여 일을 가려움과 물집을 맞아 담쌓기를 쉬어야 했다.

그러는 동안 겨울이 왔다. 지금 돌담 위엔 하얀 눈이 덮였다. 나

는 끝내 담 위의 옻나무를 베어내지 못했고, 수 없이 다리가 잘려나
간 저 옻나무는 겨우내 심한 몸살에 시달릴 것이다. 그리고 새봄이
오면 그 깊은 겨울의 신열을 불태워 새 뿌리를 뻗어내릴 것이다. 옆
에 선 두 형제의 부축을 받으며 작고 푸른 새움을 틔울 것이다. 내
몸을 부풀리던 붉은 가려움과 물집의 아픔을 기억하며, 새 뿌리로
살아난 어린 옻나무는 내년에도 후년에도 아버지와 나의 돌담 위
를 파랗게 지킬 것이다.

쇠오줌이 최고다

옻과 나의 오랜 인연은 초등학
교 때 시작되었다. 2학년쯤이었을까? 그해 여름의 어느 날 문득 팔
뚝이 심하게 가려웠다. 생각 없이 벅벅 긁는데 빨갛게 살이 부풀
어 올랐다. 시간이 지날수록 가려움은 심해졌다. 하루가 가고 이틀
이 가고, 그 가려움은 구슬같이 보풀어 물집이 되었다. 이제 시원하
게 긁지를 못한다. 물집이 터지면서 살갗이 쓰리고 피가 나기 때문
이다. 물집은 점점 커져 쌀알처럼 부풀고, 가려울 때마다 나는 침을
묻힌 손바닥으로 문질렀다. 문지르는 손바닥 사이로 터진 물집에
선 비눗방울처럼 거품이 일고, 미끄러운 비눗물들이 손바닥을 적
셨다. 가득한 쓰라림으로 흘러내리는 진물들, 단단히 처맨 팔뚝의

헝겊 위를 붉은 핏물로 굵는 동안 그 여름이 갔다.

다음 해 여름, 나는 또 옻이 올랐다. 이번에는 얼굴이었다. 또 오돌나무를 건드린 모양이다. 이틀이 가고 사흘이 가고, 얼굴이 온통 붉게 부풀어 올랐다. 다행히도 얼굴엔 물집이 크게 부풀지 않았다. 심하게 옻이 오르지 않은 탓인지, 얼굴이라고 오돌나무가 봐준 것인지도 모르겠다. 그러나 얼굴 가득 돋아나는 좁쌀 알갱이들, 끝없이 홧홧거리고 건드리면 불같이 뜨거운데 가려움은 그치지 않았다. 그때 얼굴이 벌건 내 모습을 본 이웃 아주머니가 그랬다.

"옻올렸을 적인 쇠오좀이 최곤디."

"야? 그럼 쇠오좀이루 시수를 히야넌 거유?"

"그려, 쇠오좀을 발르믄 쉬 낫넌댜."

'그려. 쇠오좀이 대수냐. 발러서 낫기만 헌다믄 똥물이 목간이래두 허지.'

나는 외양간 뒤편에 고인 쇠오줌 독을 찾았다. 검붉게 차오른 쇠오줌과 역하게 풍기는 묵은 쇠오줌. 그 썩은 쇠오줌으로 나는 세수를 할 수가 없었다. 그래서 밖에 매어놓은 이웃집 암소 곁으로 갔다. 그리곤 소가 오줌 싸기만을 기다리며 긴긴 여름날의 오후를 서성거렸다. 오랜 기다림 끝에 소가 오줌을 쌌다. 수돗물처럼 쏟아지는 오줌줄기였지만, 뒷발에 채일까 조심하며 멀찍이서 손을 뻗어 오줌을 받으려니 그것이 녹록지 않았다. 다가가면 한발 비켜서며 오줌을 싸는 얄미운 소.

눈치를 보는 잠깐 사이 오줌 줄기는 가늘어지고, 천신만고 끝에

146

받아낸 한 줌 쇠오줌은 힘없이 손가락 사이로 흘러내렸다. 나는 정성껏 손바닥을 모아 세수를 했다. 그것은 세수랄 것도 없지만, 나는 쇠오줌에 젖은 손바닥을 얼굴에 싹싹 문지르는 것이었다. 그 바르다만 쇠오줌이 효과가 있었을까? 냄새 나는 얼굴로 잠이 들던 그 날 이후 우툴두툴 돋아난 좁쌀들은 조금씩 수그러졌다.

또 한 번의 옻오름은 중학교에 다니던 겨울에 찾아왔다. 모르는 사이 돌담 위의 옻나무를 또 건드린 모양이다.

자전거로 통학하는 이에게 겨울바람은 더욱 차다. 학교에서 집에까지 오는 십여 리 길, 오르막으로 이어진 자전거 발판을 힘주어 구르면 몸통 끝 마디마디가 시렸다. 얼굴이 시리고, 손이 시리고, 목젖과 발이 얼어붙었다.

집에 돌아오니 저녁이었다. 아버지가 쇠죽을 끓여 외양간으로 들어가고, 나는 군불로 덥혀진 방안으로 뛰어들었다. 얼마나 그리운 봄기운이냐? 그러나 그 느낌도 잠깐, 몸이 근지럽기 시작했다. 차가운 바깥에서 더운 방에 들어와 갑자기 몸이 녹아내릴 때 오는 그런 근지럼이 아니었다.

다음날도 내 몸의 근지럼은 멈추지 않았다. 그때는 친구들 사이에 옴이 한창 성행하던 때였다. 옴에 걸린 아이는 열흘이고 스무날이고 몸을 긁어댔다. 옴이 번지는 시절이면 한 반에 몇몇은 늘 몸을 긁어댔고, 원치 않는 옴은 친구와 친구 사이를 넘나들며 우정처럼 번져갔다. 그래서 나는 '옴이 옮았구나!' 하고 생각했다. 그리곤 옴에 전염되지 않으려면 몸을 깨끗이 해야 한다는 누군가의 말을 떠올렸다. 피부 옴에는 유황천인 도고온천이 직방이라는 누군가의 말도 떠올렸다.

나는 어머니에게 가마솥 가득 물을 데워 달라고 부탁했다. 펄펄 끓는 물을 커다란 함지박에 붓고, 타래박으로 우물물을 길어 적당히 따뜻하게 만들었다. 이제 몸을 씻고 나면 근지럼도 옴도 사라질 거야. 벌거벗은 몸뚱이를 함지박에 들이밀 때만 해도 나는 소름 돋는 겨울 추위를 견딜 만했다. 그런데 따슨 물에 몸을 정그고 있을수록 근지럼은 더해갔다.

'오랜만에 허년 목간이니 때가 많은 모냥이여.'

비누칠을 했다. 온몸 구석구석 문질렀다. 그럴수록 근지럼은 더욱 심해졌다. 순간 나는 이건 옴이 아니라 옻오름임을 깨닫는다. 옻과 목간은 상극이다. 비누칠은 타는 불에 기름을 끼얹는 일이다. 비누가 닿는 순간 옻은 불길처럼 타오른다. 나는 끝내 몸의 때를 못다 밀고 몸을 긁으며 방으로 돌아와야 했다. 그리고 그날 밤 내내, 나는 따뜻한 아랫목을 비워 두고 차가운 윗목에서 이불도 덮지 못한 채 새우잠에 떨어야만 했다.

엄니와 뜨젱이밭

1981년, 우리 동네에 저수지 공사가 시작되었다. 이쪽 산과 저쪽 산을 막아 물을 가두는 물막이 공사였다. 이 공사가 시작되면서 우리 밭은 모두 저수지에 들어앉고 말았다. 2,000평에 이르는 큰 밭이었는데, 토지보상금이 나올 즈음 아버지가 쓰러졌다. 그 당시 농촌에는 건강보험제도가 없어 병원비가 참 비쌌다. 급성신부전증이라는 병으로 오래도록 서울대병원에서 치료받는 동안 374만 원의 토지보상금은 한 푼도 남지 않았다.

평생 밭농사로 살아오던 아버지와 엄니는 졸지에 밭이 없는 가난한 농부가 되었다. 그때부터 엄니는 밭일 대신 떡갈잎을 찾아 산을 헤매기도 하고, 남의 집 일을 다니기도 하였다. 그리고 다음 해부터는 안락산 밑의 평평한 땅을 골라 뜨젱이를 시작하였다.

"장고맥將軍脈이 올러가넌디 평평헌 아사리땅이 있더라. 거길 뜨젱이허믄 감자고구마래두 좀 심을 수 있을 겨."

'뜨젱이'는 풀과 나무뿌리를 뜯어내고 산간에 밭을 일구는 일이다. 1982년 봄과 여름내, 엄니는 장고맥이 비탈에 주저앉아 나무등걸을 캐내고 풀을 뽑았다. 열 평이나 될까? 그 작은 황토 땅에 엄니는 두 두렁 고구마를 심었고, 그해 가을 한 자루의 고구마를 이고 오셨다. 온몸에 가득 무거운 땅거미가 내리는 저물 무렵, 고단한 몸을 기지개 켜며 엄니는 들떠 말했다.

"뜨젱이밭을 보닝께, 그 엽짝으루두 평평헌 게 좀 더 넓혀두 되겠더라."

엄니는 뜨거운 봄과 여름을 뜨젱이로 넓어져 가는 밭을 보며 즐거워했다. 장마가 지고 나면 산비탈에서 칡덩굴이 고구마밭을 덮었다. 엄니는 그 긴 칡덩굴만큼이나 줄기찬 땀방울을 뜨거운 뜨젱이밭에 뿌렸다. 바랭이 씨앗이 날아와 번지면 그 숱한 풀숲만큼이나 호미질을 했다. 여름방학이면 낫과 목괭이를 들고 엄니를 따라 찾아가던 뜨젱이밭. 해마다 밭은 조금씩 넓어지고 몇 해가 지나자 100평쯤은 됨직한 제법 밭다운 꼴이 되었다. 고구마 두둑은 해마다 늘어갔고, 여러 해 농사를 이어가자 칡덩굴도 풀씨들도 지쳐 뜨젱이밭을 넘겨다보는 일이 줄어들었다.

그해에는 참 많은 고구마를 캤다. 아버지가 지게를 지고 여러 번 오가야 했고, 많은 고구마가 헛간에 수북하게 쌓였다. 엄니는 이제

어엿한 밭을 가진 농부가 되었다. 캐다 놓은 고구마를 고르며 엄니의 입가엔 웃음이 달빛처럼 환하게 번져나갔다. 내년엔 더 많은 감자고구마를 수확할 것이라고. 뜨젱이를 좀 더 해서 내년엔 들깨들깨도 심어보겠다고 했다. 엄니의 꿈은 그렇게 가으내 꽃봉오리처럼 부풀어 올랐다.

그러나 그 꿈은 곧 아픔에 잠기고 말았다. 다음 해 봄, 아래 동네에 사는 산주인이 찾아와 그 밭을 빼앗아가 버렸기 때문이었다.

그 산주인은 평생 농사를 짓지 않는 사람이었다고. 산주인은 그 산비탈을 수십 년 돌아보지도 않고 살아온 사람이었다고. 땅이 없는 누군가가 주인 있는 땅에 뜨젱일 하여 농사를 지으면 모른 척하는 게 동네 인심이었다고. 정이 밭 욕심이 나면 몇 해 농사를 지은 뒤에 돌려달라고 하는 게 풍습이라고. 몇해 뜨젱이를 하여 밭을 늘려가는 동안엔 바라보고만 있다가, 밭꼴이 나 농사처에 곡식이 날 것 같으니 뺏어간다고. 밭도지를 반이라도 내줄 테니 몇 년만 농사를 더 짓게 해달라고 사정해도 단칼에 거절했다고. 엄니는 늦은 봄날까지 빼앗긴 뜨젱이밭을 바라보며 한숨을 쉬었다.

그러나 엄니는 농사를 포기하지 않으셨다. 푸른 저수지 물이 맞닿은 경계의 땅을 찾아다니며 뜨젱이를 이어갔다. 거칠고 척박한 뜨젱이밭에 고구마와 들깨를 심고, 그 작은 땅에서 나오는 추수에 감사하며 주름져 갔다.

그러는 동안 아버지가 돌아가고, 지금은 뜨젱이할 힘도 남아 있지 않지만 100평 남짓한 텃밭에 콩이며 배추를 갈며 돌아보는 팔순의 삶. 산비탈이나 언덕배기의 나무나 풀을 떠내거나 베어 농사지을 밭을 일구는 '뜨쟁이'. 그 억척스런 개척과 소출의 즐거움을 추구하시던 우리 엄니. 한 뼘씩 늘어가는 땅만큼 기쁨도 한 뼘씩 커지고, 땀방울이 떨어지는 수만큼 내 삶의 소출이 늘어가는 기쁨을 나도 누리며 살고 싶다.

바다리의 집

　　　　　　　　　　　　팔순의 엄니 집에는 바다리가
산다. 바다리들은 아버지와 6남매가 떠나간 시골집의 적막을 흩뜨리
며 검고 긴 날개를 펼친다. 낫이며 호미며 삼태미가 뒤엉킨 헛간에서
엄니의 추억처럼 날아다닌다.

　흐드러진 봄날이 지면 시골집에는 햇살이 뜨거워졌다. 산과 맞
닿은 돌담을 타고 풀들이 자라 올랐다. 담 위에 심어놓은 호박 넝
쿨이 집안으로 길고 푸른 팔을 휘두르고, 달개비며 나팔꽃, ㄲ스렁
키환삼덩굴 넝쿨들이 담을 넘어 안마당을 넘실거렸다. 그 질긴 생명
들이 엄니의 흐려진 눈빛을 좇아 흘러내릴 때면 넝쿨손처럼 긴 다
리를 가진 바다리가 찾아들었다.

바다리들은 헛간에 둥지를 틀었다. 헛간은 소들이 여물을 되새김하던 외양간이었다. 아버지가 돌아가자 그곳엔 소 대신 괭이며 삽이며 소시랑이 자리잡았다. 속절없이 녹슬어 가는 손수레 위에 얹힌 거적때기는 여물 가득한 구수처럼 수북하게 쌓여 있었다.

엄니는 날마다 헛간을 들락거렸다. 소에게 여물 주듯 삼시 세 때 기웃거렸다. 텃밭을 가꾸는 데 필요한 도구들이 거기 있기 때문이었다. 아침에 들고 나간 호미가 점심에 돌아오고, 오후에 풀을 베러 나간 낫이 저녁이면 어제처럼 벽에 걸렸다. 그럴 때마다 바다리들은 엄니를 반겼다. 우우웅 날아올라 엄니 몸을 감싸곤 했다.

돌아보면 벌들은 엄니의 식구였는지도 모른다. 1970년대까지 우리 집은 초가였다. 100여 년을 지탱해 온 기둥들이 비스듬히 허리를 굽히고, 헝클어지고 짓이겨진 초가의 머리칼들이 무겁게 주저앉고 있었다. 갈철 이엉을 올릴 때마다 금방이라도 무너질 것만 같던 그 초가의 벽엔 황토가 발라져 있었다. 누렇게 갈라지고 헤어진 벽들이 위채와 아래채와 헛간을 두르고 있었다.

헛간과 토방의 황토벽에는 늘 수십 개의 구멍이 뚫려 있었다. 벌집이었다. 계절이 봄에서 여름으로 흐를 즈음이면 벌들이 날아와 황토벽에 구멍을 뚫었다. 지난해에 뚫어놓았던 구멍을 쓰지 않고 늘 새집을 지었다. 그래서 구멍은 해마다 늘어났다. 작은 꿀벌은 작은 집을 지었고, 호박벌처럼 큰 것들은 손가락이 들어갈 만큼 큰 구멍을 뚫었다. 나나니들은 헛간의 썩은 기둥에 구멍을 뚫었다. 아버지는 몇 해에 한 번쯤 황토를 발랐지만 구멍은 늘 비슷한 수를 유지

했다.

유독 바다리벌은 구멍을 뚫지 않았다. 바다리는 돌담 추녀 끝이나 비가 치지 않는 서까래 아래에 집을 지었다. 그러나 바다리는 이방인이었다. 구멍 속에 알을 낳고 새끼를 기르는 벌들과 달리 바다리는 식구들의 표적이 되었다. 식구들은 집안을 위협하는 벌들이 달갑지 않았다. 특히 바다리는 여러 마리가 함께 집을 만들고 떼로 날아다녔다. 실상 바다리는 벌집을 건드리지 않는 한 쏘는 일이 없었지만, 그래서 더욱 식구들의 괴롭힘을 받아야 했다. 다른 벌들은 구멍 속에 살기 때문에 달리 방법이 없었다. 그러나 바다리는 추녀 끝이나 헛간 기둥 끝에 호박꽃잎처럼 생긴 집을 매달아 놓기 때문에 건드리기가 쉬웠다. 집안에 바다리가 들어와 집을 지으면 남자들은 작대기나 막대기를 들고 가 쳐내렸다. 2~30개의 알을 낳고 새끼를 기르던 바다리들은 떨어진 집과 새끼들 주위를 오래 서성이다가 하나둘 떠나갔다.

9월이 오고 기승을 부리던 무더위들이 풀벌레 울음소리에 놀라 찾아들면 구멍 속의 벌들은 새끼를 데리고 집을 떠났다. 더러 돌담 속에서 살아난 바다리들도 떼를 지어 돌담을 떠났다.

1970년대 말, 우리 집은 새로 지어졌다. 블록을 쌓고 슬레이트와 기와로 지붕을 올렸다. 벽은 시멘트로 발라졌다. 시멘트벽에는 벌들이 오지 않았다. 거칠고 단단한 벽엔 꿀벌도 바다리도 나나니도 날아들지 않았다. 그러나 10년이 채 되지 않아 벌들은 다시 집안으로 날아들었다.

1990년대 우리 형제들은 모두 결혼을 하고 시골집을 떠났다. 아버지와 엄마만이 동그마니 집안에 남겨졌다. 이웃과 우리 집 사이에 쳐놓은 블록담에 균열이 생겼다. 시멘트를 바르지 않은 외벽 사이사이로 틈이 생겼다. 그곳으로 두 분의 외로움을 달래주듯 옷바시가 찾아들었다.

옷바시는 처마에 가려 비가 들지 않는 틈새를 비집었다. 낡은 블록 안에 있는 주먹만한 공간에 집을 지었다. 처음에는 보이지 않다가 장마철이 끝날 즈음엔 벌집이 밖으로 번져 나왔다. 10여 마리가 집을 짓기 시작하다가, 새끼들이 깨어나는 8월이면 벌집은 바가지처럼 밖으로 솟아오르고 수백의 벌들이 처마 밑을 점령했다. 땅벌로 불리는 말벌과의 옷바시는 손만 내저어도 달려드는 무서운 전사들이다. 아버지와 엄마는 그 옷바시집을 굳이 건드리지 않았다. 그들이 조용히 떠나가는 가을을 기다리며 위험한 동거를 했다.

대왕말벌이라 불리는 왕팅이는 이제 쓰지 않는 사랑채 부엌의 들보나 소가 떠난 외양간 들보에 집을 매달아 놓았다. 무더위를 따라 들어온 몇 마리의 왕팅이는 들보에 단단한 고정판을 두고 한층 한층 집을 지었다. 한 층이 지어질 때마다 알을 낳고, 다음 층을 지을 때면 새끼들이 깨어나 수가 불었다. 보통 4층쯤 지으면 둥그런 보호막을 쳤다. 누렇고 동그랗게 늙은 호박덩이가 들보에 매달릴 즈음이면 8월이 깊었다. 그때쯤이면 왕팅이는 수백 마리로 불어났고 10월 찬바람이 돌고 서리가 내릴 즈음 어디론가 떠나갔다.

몇 해 전 아버지가 돌아가자 옷바시들도 떠나갔다. 해마다 찾아

들던 옷바시들은 다시 돌아오지 않았다. 대신 왕팅이들이 찾아와 집을 지켰다. 왕팅이들은 아버지가 떠난 것을 금세 알아차렸다. 아버지가 있을 적에는 헛간 안에서만 지내던 왕팅이들이 집안을 활개치기 시작했다. 대문간과 안마당이 온통 왕팅이에 점령되고 엄니는 쫓기는 신세가 되었다. 결국 엄니는 119에 전화를 걸었다. 4년 전에도 3년 전에도 구급대원들이 달려와 호박덩이 왕팅이집을 떼어냈다.

왕팅이와 동거가 길어지면서 엄니는 강해졌다. 작년에는 엄니 혼자 왕팅이들을 몰아냈다. 왕팅이들이 처음 터를 닦을 즈음에는 몇 마리에 불과하다. 엄니는 왕팅이가 부엌 천장에 터를 닦기 시작하자 분무식 모기약을 뿌려댔다. 에프킬러는 참 만만치 않은 왕팅이의 천적이다. 왕팅이들은 아침저녁으로 날아오는 에프킬러를 이겨내지 못하고 헛간 들보로 자리를 바꾸었다. 엄니는 헛간으로 진격했다. 결국 왕팅이들은 자신들의 터를 완성하지 못하고 쫓겨났다.

올여름, 엄니는 날이 더워지자 새 에프킬러를 헛간에 장착했다. 그러나 왕팅이는 바보가 아니다. 작년 두 차례의 수난을 겪은 그들은 우리 집을 찾아오지 않았다. 대신 그 자리에 바다리가 찾아들었다. 왕팅이가 헛간을 장악하고 있을 때에는 먼 추녀 끝에 조그맣게 집을 짓고 눈치나 보던 바다리들이, 왕팅이가 사라지자 헛간 속으로 떼 지어 몰려들었다.

지난 7월, 헛간의 헤어진 블록 틈마다 바다리들이 집을 짓고 있었다. 엄니 일을 거들려고 괭이를 찾아 들어가다가 나는 그만 바다리의 숲에 가로막혔다. 수십 마리의 바다리들이 어깨와 얼굴을 스치며 오갔다. 그러나 나는 안다. 내가 손을 내젓지 않는 한, 달려들지 않는 바다리의 성품을.

"엄니, 올히는 여러 집안 바다리덜이 한꺼번이 몰려와 떼살림을 차렸구먼유."

"이, 헛간 속이 아주 새카마. 에프킬라루다 죄다 쫓어뻐리까?"

"아뉴, 우험헌 식구덜두 아닌디 뭘 그런대유. 가을 되믄 다 제금 날 건디."

엄니는 올해 에프킬러 쓸 일이 없어졌다. 길고도 긴 여름 뒤로 9월이 가고 10월이 왔다. 오늘 나는 헛간 속을 서성이며 새끼들과 함께 떠난 바다리 가족을 생각했다. '바다리'는 '바더리'의 옛 이름이다. 세상이 변하는 것처럼 말도 변하고, 옛것이 잊히는 것처럼 우리 곁에서 사라져가는 이름. 날아오를 때면 한 쌍의 뒷다리가 두 개의 화살처럼 곧게 뻗쳐 있다 하여 붙여진, 또 다른 이름 쌍살벌, 내년 봄 화살처럼 돌아오는 바다리의 비행을 나는 기다리고 있었다.

그 짝인 시계 볼 줄 아남?

할머니는 장거리에 나서지 않
으셨다. 열일곱에 할아버지와 혼인하고, 여든여덟 하늘로 돌아갈
때까지 혼자서는 친정집엘 가지 않았다. 시집인 대술에서 친정인
신례원까지 사십 리, 그 길은 할머니에겐 다가서기 힘든 먼 거리였다.

할머니는 까막눈이었다. 할머니는 길눈도 밝지 못하셨다. 글을
깨치지 못해 평생 버스나 기차를 혼자 타지 못하셨다. 이웃들이 보
리쌀이며 수숫쌀을 머리에 이고 장고개를 넘어 예산장엘 나갈 때
할머니는 따라나서지 않았다. 위험한 길에 섣불리 발길을 들이지
않는 성품 탓이다. 그 덕에 할머니는 대술면 궐곡리 시댁을 홀로 벗
어난 적이 거의 없었다.

1950년 한국전쟁이 일어났다. 인공치하에 있던 그해 9월, 할아버지는 민청대원들에게 살해되었다. 사십에 홀로 되신 할머니는 그 뒤로 집안을 지키셨다. 일곱 자녀 가운데 여섯이 고향을 떠났다. 작은딸은 천안, 둘째 아들은 평택, 셋째아들은 아산, 큰딸과 작은 두 아들은 서울에 터를 잡았다. 그러는 동안 손주들이 자라고 할머니는 주름져 갔다.

칠순이 넘어가자 할머니는 자식들이 그리웠다. 딸에게도 가고 싶고, 아들과 손주들이 보고 싶었다. 그래서 할머니는 농사철이 끝나면 작은집을 가고 싶다 노래를 했다. 겨울철이면 어머니와 아버지는 아주 가끔 할머니를 작은집에 모셔다드렸고, 할머니는 겨울이 끝날 즈음까지 둘째 집이며 셋째, 넷째 집에서 살다 오시곤 했다.

1983년이던가. 그해 겨울 할머니는 아산에 살고 있는 셋째 집에서 달포를 보내고 돌아오셨다. 할머니는 집에 오자마자 시계를 찾으셨다. 시간을 모르면 답답하니 위채 마루에 걸려 있던 괘종시계를 아래채의 당신 방으로 옮겨달라고 하셨다. 30분마다 종을 치는 괘종시계. 두 시면 두 번을 치고, 세 시면 세 번을 치고, 30분이면 한 번을 치던 그 괘종시계. 어머니는 할머니가 시계를 볼 줄 모르니 종을 치는 시계를 찾는가보다 하셨다.

"어머니, 종치는 거 셔가맨서 들으시믄 시간을 알 수 있는 규. 알었쥬?"

어머니의 설명이 끝나기도 전에 할머니의 입이 삐죽 불거졌다.

"흥, 누가 시계 볼 중두 무르넌 중 아남?"

그랬다. 할머니는 셋째 집에 계시는 달포 동안 시계 보는 법을 배우신 것이다.

"시간은 시계 종 치는 소릴 들으믄 알 수 있넌디 시계 보는 벱은 뭐더라 배운댜?"

"칠십 넘은 늙은이가 시계 보는 벱은 배서 워따 쓴댜?"

그렇게 외면하시는 할머니를 붙들고 셋째어머니는 시계 보는 법을 가르쳤다고 한다.

"엄니, 시계를 볼 중 알문 월마나 편헌디유. 그러구 시계 보는 거는 금방 배유. 올마나 쉬운 중 물류."

셋째어머니는 어르고 달래며 시계 보는 법을 가르쳤다고 한다. 그리고 할머니는 드디어 시계 보는 법을 깨치셨단다. 칠십 평생 깨치지 못했던 시계 보는 법을 단 열흘 만에 터득하셨단다.

집에 돌아오신 할머니는 괘종시계로 만족하지 못하셨다. 사발시계가 필요하다며 내가 쓰던 낡은 탁상시계를 당신의 머리맡에 갖다 놓으셨다. 한 달에 한 번씩 감아주면 되는 괘종시계의 태엽을 때 없이 감으셨다. 낡은 탁상시계가 쓰러지지 않도록 수건을 밑에 받쳐놓고는 날마다 들여다보며 닦으셨다. 그러다가 내가 방에 들어가기라도 하면 할머니는 큰소리로 말씀하시곤 했다.

"늬 에민 오딜 갔넌디 여섯 시가 넘더락 안 들어온댜?"

"늬 애빈 맨날 다섯 시믄 들어오더니 오늘은 왜 여섯 시가 되가넌디두 안 들어온다니?"

나는 할머니의 의중을 잘 알아들었다.

"할머니, 시계 볼 중 아닝게 좋쥬? 우리 할머니 시계 보는 거 배우시더니 되게 멋져지셨네. 하하."

"홍, 그럼 내가 시계 볼 중도 무를 중 알었남?"

할머니는 당신의 마음을 알아주는 손주를 좋아하셨다. 누군가가 시계 볼 줄 아는 당신을 몰라주면 퍽 섭섭해 하실 줄도 알았다. 더러 시계를 볼 줄 모르는 친구가 마실을 오면 탁상시계를 매만지며 짐짓 이렇게 묻곤 했다.

"그 짝인 시계 볼 중 아남?"

몸이 안 좋아 집에서 쉬고 있던 나는 다음해 대학에 복학하였다. 할머니는 나를 돌봐주러 대전의 한 귀퉁이에 있는 한 칸 월세방으로 오셨고, 2년 동안 내 뒷바라지를 해주셨다. 할머니는 그때 처음 시장 거리를 돌아다니셨고, 산골 동네가 아닌 조금 더 넓은 동네를 혼자의 힘으로 활보하셨다. 그러는 동안에도 할머니는 탁상시계를 머리맡에 두고 사셨다. 그리고 나는 할머니의 짤깍거리는 시계 소리를 들으며 어느 지방대학의 국어국문학과를 졸업했다.

그때 시계는 할머니의 자존심이었다. 글을 읽고 쓰지는 못하셨지만 할머니는 시계를 볼 줄 아는 똑똑한 할머니셨다. 산골 동네에 돌아와선 대전이란 도회지 물을 두 해나 먹고 온 신식 할머니셨다. 손주가 그것을 알아주면 한없이 행복해 하실 줄 아는 천진한 할머니셨다. 그리고 할머니에게 시계는 빛이었다. 그저 집안과 논밭을 오갈 줄만 알던 할머니. 시계는 할머니에게 시간의 흐름을 재단할 줄 아는 새 세상으로 이끌어준 통로였고, 할머니는 그 시계를 통해 또 다른 세계의 신비를 맞이할 수 있었다.

그러나 할머니는 까막눈이었다. 까막눈이었기 때문에 집 밖을 멀리 나갈 수 없었다. 장거리를 오가는 차를 탈 수 없었고, 보고 싶은 자식들을 홀로 찾아갈 수도 돌아올 수도 없었다. 할머니는 대전에서 돌아와 10년쯤 더 사시다가 돌아가셨고, 그 뒤로 나는 한없이 가슴이 아팠다.

나는 할머니에게 글을 깨우쳐줄 수 있었다. 내가 할머니에게 글을 가르쳐줄 시간은 참으로 많았다. 대전에서 2년을 함께하던 그 긴 시간, 고향에 돌아와 함께 한 그 여러 해. 그러나 그땐 몰랐다. 그때 내가 할머니에게 글을 깨우쳐 주었다면, 할머니는 아침 햇살처럼 밝은 세상을 만나 어린아이처럼 행복해 했을 것이다. 그리고 그때 할머니에게 글을 가르쳐 주었더라면, 할머니는 마실 온 친구들에게 이리 자랑하셨을 것이다.

"그 짝인 환한 시상을 읽을 중 아남?"

이 나이에 뭘 허겄다구 글을 배겄네?

　　　　　　　　　　　"할아버지 지삿날 넌 뭐허다가

인저 오네?"

　"밥은 먹었네?"

　셋째아버지는 가끔 이상한 말을 썼다. 다른 어른들이 '워디 갔다

인저 오냐?'라고 물을 자리에 '워디 갔다 인저 오네?'라고 물었다.

'밥은 먹었냐?'라고 물을 자리에 '밥은 먹었네?'라고 물었다.

　내 어렸을 적 함께 살던 셋째아버지는 결혼을 하고 아산으로 분

가를 했다. 셋째아버지는 분가한 뒤 1년에 몇 차례씩 우리 집에 왔

다. 명절이며, 할아버지 제사, 할머니 생신 때에는 어김없이 찾아오

셨다. 그때마다 나는 셋째아버지가 말끝을 올리며 하는 '-네?'라는

말을 들었다.

'이상하다? 왜 '-냐?'를 쓰지 않고 '-네?'를 쓰는 걸까?'

나는 고개를 갸웃거렸다. 그렇지만 셋째아버지에게 '-네'라고 쓰는 까닭을 묻지 않았다. 먼 훗날, 내가 충청말을 조사하는 일을 하면서 표준말 '-니?'에 대응하는 충청말이 '-네?'임을 알기 전까지 나는 셋째아버지가 그저 말실수를 하는 것으로 생각했다.

셋째아버지는 까막눈이다. 학교는 문턱에도 가본 적이 없고 어릴 적부터 남의 집 머슴살이를 했다.

셋째아버지는 1951년도 대술국민학교에 입학하기로 되어 있었다. 할아버지가 학교에 보내주기로 약속했던 까닭이다. 그러나 셋째 아버지는 학교에 가지 못했다. 1950년 여름에 전쟁이 터졌기 때문이고, 그해 가을에 할아버지가 돌아가셨기 때문이고, 다음 해엔 형들이 모두 전쟁터에 나갔기 때문이다.

1950년 7월의 예산은 인공치하였다. 북한 인민군은 7월 12일 아산을 지나 시루미고개를 넘어 예산을 점령하고, 이어 차동과 유구고개를 넘고 금강을 건너고, 대전을 지나 낙동강으로 진격했다. 그리고 8월, 맏형인 아버지와 둘째아버지가 인민의용군으로 끌려갔다. 아버지는 낙동강 전선으로 향했다. 아버지는 대전의 보문산에서 탈출하여 구사일생으로 살아 돌아왔다. 아버지가 인민의용군에서 낙오되어 살아오면서 우리집은 대술면인민위원회의 감시를 받기 시작했다. 붉은 완장을 두른 민청대원들의 눈이 집안을 억눌렀다. 둘째아버지는 북으로 향했다. 끌려가던 둘째아버지는 한강 부근에서 탈출하여 20여 일만에 집으로 돌아왔다. 인민위원회에 끌려가 거짓으로 버티다가 반당분자로 낙인찍히지 않기 위해 좌익단체인 자위대에 가입하였다. 그해 9월 29일, 인민해방전선을 회피한 두 아들을 대신하여 할아버지가 목숨을 잃었다.

할아버지가 민청대원에게 총살 당한 바로 그날, 대전에서 북진한 국군들이 예산지역을 탈환하였다. 지역 좌익들이 차령산 속으로 흩어지던 그 날, 할아버지의 시신은 장례식도 울음소리도 없이 그늘진 산등성이에 누웠다. 그리고 집안의 기둥이 무너져 슬픔과 절망에 빠져 있는 그해 10월, 이번에는 대한민국이 성인 남자들을 전쟁터로 끌어가기 시작했다.

"성님, 성님은 집안의 장손이유. 가만 있으믄 성님이 끌려가니 지가 방위군이루 자원헐 튜. 한 집안서 둘을 항꺼번이 즌장터루 끌구 가진 않으닝께 지가 먼처 가 있넌 동안 얼릉 결혼허구 집안 건사 허슈."

21살인 둘째아버지는 아버지 대신 육군 보병에 자원 입대하여 강원도 양구전선에서 중공군을 맞았다. 그리고 몇 달 뒤, 아버지는 어머니와 결혼하고 육군 부사관으로 자원 입대했다. 이제 집안에는 여자들만 남았다. 증조할머니와 할머니와 어머니, 그리고 고모들. 아니 남자들이 있기는 했다. 셋째와 넷째, 다섯째아버지였다. 그러나 그들은 모두 어린아이였다.

아버지가 돌아가고, 큰형과 둘째형마저 전쟁터로 떠난 자리에서 셋째아버지는 다음해에도 그 다음해에도 학교에 들어갈 수 없었다. 그러는 동안 전쟁 통에 화를 입지 않은 동네 친구들은 십여 리 산길을 타고 대술국민학교에 다녔다.

"엄니이, 나는 원제 핵겨 가?"

친구들이 책보를 메고 학교를 오갈 때마다 셋째아버지는 할머니의 치맛자락을 붙들고 울먹였다. 그럴 때면 할머니와 고모들은

"이, 늬 엉아덜이 제대허구 나오믄 너 핵겨 보내줄 겨."

"큰엉아랑 둘째엉안 원제 와?"

"이, 좀 지나믄 금방 올 겨. 그럼 너두 핵겨 갈 수 있으닝께 째끔만 참구 지둘러."

그 째끔의 세월이 참 길었다. 3년이 지나고 4년이 지나도 형들은 돌아오지 않았다. 그러는 동안에 셋째아버지는 청소년이 되어 갔다.

"엄니, 동상덜만 댕기넌 핵겨 난 안 갈 겨. 아부지두 읎고 성덜두 읎으닝께 우리집은 내가 지킬 겨."

살아옴을 기약할 수 없는 전쟁터에서 두 형들은 기적처럼 제대를 하고 돌아왔다. 그러나 그러기까지 5년이 넘는 세월이 흘렀고, 두 형들이 집으로 돌아왔을 때 셋째아버지는 이미 남의 집 꼴머슴살이를 시작한 뒤였다.

셋째아버지는 지독했다. 10여 년의 머슴살이로 몇 마지기의 땅을 사고 집을 샀다. 그 터전 위에 자신의 삶을 세웠다.

"내가 밴 것 읎어 까막눈이지믄 넘들버더 부지런히 살었구, 평생 넘덜헌티 아순 소리 안 허구 살었어. 난 까막눈인 것이 하나두 부끄럽덜 않구, 핵겨 뭇 댕긴 것두 챙피허덜 않어."

나이 든 이후로 셋째아버지는 입버릇처럼 말했다. 그러나 나는 그런 셋째아버지의 말 속에서, 학교에 다니지 못하고 글을 깨치지 못한 것에 대한 진한 상처와 마주치곤 했다. 말은 늘 그렇지만 글을 몰라 겪는 서러움이 어디 한둘일까? 그것은 자신에게 배달되는 우편물도 읽지 못하고, 친척과 형제 집을 찾아갈 때마다 셋째어머니의 도움을 받아야 하는 것만으로도 차고 넘쳤다.

"싯째아버지, 문해교실이 나가믄 한글을 배울 수 있넌디유. 거길 나가보넌 건 오떨까유?"

얼마 전 나는 셋째아버지에게 말했다. 셋째아버지는 당찮다는 듯 손사래를 쳤다.

"애, 글 물러두 난 잘 살어. 나헌틴 신문두 필여읎어. 테레비 뉴스 보믄 신문이 나오는 거 다 나오잖어. 그거 보믄 되구, 워디 갈라믄 점 불편히두 늬 작은어매 있잖냐?"

"그리두 글을 깨치믄 더 좋잖유."

나는 가만히 셋째아버지를 바라보았다. 셋째아버지와 내 눈이 실타래처럼 이어졌다. 셋째아버지의 눈빛이 호수처럼 잦아들었다. 그리고 조용히 가라앉은 음성 속에 지금은 아무도 쓰지 않는 충청말 '네'가 빗물처럼 새어 나왔다.

"난 됐어. 시계 달력 볼 중 알구 농사 질 중 알믄 된 겨. 이 나이에 뭘 더 허겄다구 내가 글을 배겄네?"

깨금발과 까치발

아내가 동화책을 읽다가 나를 본다.

"누리 아빠, 앙감질이 무슨 말이야?"

"앙감질?"

"응. 애들 동화책에 앙감질이라는 말이 나오는데 뭔 말인지 모르겠네."

"…."

답답하다. 애들 동화책에 나오는 말이라는데 탁! 하고 대답이 안 나온다. 보통 동화책에 나오는 낱말은 단순하고 쉽다. 그런데 왜 내가 모를까? 아주 외진 말도 척척 대답하는 나였는데, 그래서 걸어다니는 국어사전이란 별명을 가진 난데, 왜 모르지? 애태우며 '앙감질, 앙감질' 되뇌는데 동화책을 넘기던 아내가 말한다.

"아, 앙감질은 깨금발이네."

"잉? 그럼 깨금발이 표준말이 아니고 충청도 사투리?"

깜짝 놀랐다가 나는 고민에 빠진다.

작가가 동화책에 사투리를 썼을 까닭이 없다. 내가 알기로 '깨금발'은 분명 표준말이다. 어찌된 일일까? 답은 간단하다. 이름깨나 있는 출판사에서 나온 동화책에 앙감질이 쓰였다면, 내가 알고 있는 '깨금발'은 사투리다. 그렇다면 표준말 '깨금발'과 내가 알고 있는 '깨금발'은 서로 다른 말인 것이다.

나는 '앙감질'을 뜻하는 충청말을 손전화에 메모한다. '깨금, 깨금발, 깨금발짝, 깨금박질'. 그리고는 컴퓨터 앞으로 가 국어사전을 검색한다.

'앙감질 : 한 발을 들고 다른 한 발로 뛰는 짓.'

이게 그동안 내가 알고 있던 '깨금발'이다. 그럼 표준말 '깨금발'은 무슨 말일까?

'깨금발 : 발뒤꿈치를 들어 올리는 짓. 또는 뒤꿈치를 들어 올린 발.'

이런, 표준말 '깨금발'은 '까치발'의 다른 말이었다. 그동안 나는 표준말 '깨금발'이 '까치발'의 다른 말이란 것을 모르고 있었던 것이다. 모양과 무늬는 같지만, 서울과 충청도에서는 서로 다른 뜻으로 쓰고 있는 말인 것이다.

아내와 나는 늘 '깨금발'이 표준말인 줄 알고 써왔고, '앙감질'을 처음 대하니 몰랐던 것이다.

무지의 소치지만 이제라도 바로 알아보자고 '앙감질'의 사투리를 조사해 본다. 그런데 국어사전에도 충청도 방언 검색에도 '깨금발'이 나오지 않는다. 전국방언사전을 다 뒤지고 나서야 '깨금발'이 보인다. 경상남도에서 쓰는 사투리란다. 허참, '깨금발'이 경상남도 말이라고? 그럼 어릴 적 한 발을 들고 깨금발로 뛰고 뒹군 나는 경상도 아이였나? 어안이 벙벙해진다. 내친김에 국립국어원 홈페이지에 들어가 방언 검색을 해본다.

'깨금발 : 경남지역과 강원도 강릉에서 쓰는 앙감질의 방언.'

이런, 여긴 나를 경상도에 강원도 사람으로 만들어 놓았군. 그래? 그럼 '깨금박질'은 어떤가 찾아보자. 전국방언사전과 국립국어원 자료를 다시 찾으니 이렇게 나온다.

'깨금박질 : 함경북도 방언. 전남 방언^{전남 광양}.'

이건 너무하다. 이젠 내가 숫제 전라도에 함경도 사람이 된 듯도 싶다.

그러나 돌아보면 내가 경상도에 강원도에 전라도에 함경북도에 뛰논 아이가 아니란 것은 분명하다. '깨금발과 깨금박질'이 충청도에 쓰이지 않은 것이 아니라, 조사되거나 정리된 바가 없기 때문에 생긴 오류다. 전국 어디서나 두루 쓰이던 '깨금발, 깨금박질'이 제대로 정리되지 못해 표준말로 선택되지 못한 것이다.

나는 지금도 앙감질을 모른다. '앙감질' 속에는 내 어릴 적의 기억이 담겨 있지 않기 때문이다. 내 가슴에 살아 있는 것은 '깨금발'이다. '깨금박질'을 하던 동네 길이다. 그 동네 길을 휘저으며 땀방울을 뿌리던 깨금발의 추억일 뿐이다.

충청도 사람들아. 경상도, 전라도, 강원도, 함경도 사람들아. 함께 깨금발을 짚고 깨금박질을 뛰어 보자. 펄펄 뛰어 땀방울을 튀겨 보자. 그리하여 잃어버린 우리 추억을 살려보자. 지난 추억과 현재의 삶이 살아 숨쉬는 풍성한 말의 세상에, 어린 후배들이 맘껏 뛰어놀게 가꿔 보자.

금저리와 그머리

'거머리'를 '금저리'라 부르던 시절의 어느 날, 이웃집 열한 살짜리 인관이가 독사에 물렸다. 여름방학을 맞은 산골 아이들은 늘 그렇듯이 산과 들을 놀이터 삼아 쏘다녔다. 그날도 인관이는 이웃의 꼬맹이 둘과 안락산 아래의 중골에서 놀고 있었다.

수풀이 우거진 산자락 아래로 비탈진 산밭들이 이어지고, 아이들은 구불구불 좁은 길섶에서 뱀을 만났다. 검은 몸빛에 똬리를 틀고 머리를 쳐든 채 웅크린 뱀, 산동네에 사는 아이들은 뱀에 대한 조금씩의 지식을 안고 살아간다. 그런 만큼 웬만해서는 뱀을 피해 달아나지 않는다.

독사다! 아이들은 잽싸게 주위를 둘러보았다. 두 아이는 돌멩이를 주워들고, 인관이는 팔 길이만한 막대기를 찾아 들었다. 돌멩이를 든다는 것은 돌을 던져 뱀을 죽이려는 것이고, 막대기를 들고 나선다는 것은 산 채로 잡으려는 것이다. 인관이가 막대기를 들고 나서자 두 아이가 뒤로 물러섰다. 인관이는 여러 번의 시도 끝에 독사의 목을 막대기로 눌렀다. 목을 눌린 독사가 막대기를 휘어 감았다.

뱀의 머리를 맨손으로 잡아 올릴 때는 반드시 목을 누른 막대기의 뒷부분에서 올려 잡아야 한다. 막대기의 앞부분을 눌러 잡다가 잘못하면 머리를 틀고 돌아서는 뱀에게 물릴 위험이 크다. 특히 독사의 경우엔 그러하다. 그래서 땅꾼들은 막대기로 뱀의 목을 누른 다음, 막대기의 뒤쪽에 엄지와 검지를 넣고 막대기를 뱀의 머리 쪽으로 밀어가며 목을 움켜쥐는 것이다.

그러나 뱀을 많이 잡아보지 않은 사람들은 막대기로 목을 누른 다음 막대기의 앞쪽에서 뱀 목을 잡는다. 인관이는 겁이 많은 아이였다. 당연히 독사를 산 채로 잡아본 적이 없었다. 오늘 인관이는 친구들에게 용기를 보여주고 싶었다. 그는 다른 아이들의 눈을 의식하며 막대기 앞의 뱀 목을 향해 갔다. 인관이의 손이 뱀 목에 닿는 순간 뱀이 머리를 틀었다. 인관이가 흠칫 놀라 막대기를 놓으면서 쥐어가던 손을 뺐다. 누르던 막대기를 놓는다는 것은 물렸다는 뜻이다. 인관이는 빼내던 오른손 등을 뱀에 물리고 말았다.

오른손 등에 이빨 자국이 두 개 만들어지고, 그곳에서 피가 한 방울 배어 나왔다. 인관이는 속으로 크게 걱정했지만 물린 손등은 한

참 동안 아무렇지도 않았다.

"독사이 물리믄 큰일 난다더니 벨 것두 아니구먼."

인관이는 애써 태연한 척 중골을 벗어나 집으로 돌아왔다. 중골에서 인관이네 집까지는 대략 1킬로미터. 집에 돌아와 아이들과 놀다 보니 손등이 부어올랐다. 붓는 속도는 순간순간이 달랐다. 아이들이 겁을 먹고 밭에 나가 있는 어른들을 찾아 나섰다.

인관이 엄마와 아버지가 놀라 뛰어왔을 때는 독사에 물린 지 한 시간이 지난 뒤였다. 인관이 아버지는 아들의 손목을 천으로 동여 매었다. 독기가 심장으로 흐르는 것을 막기 위한 조처였다. 독기는 인관이의 손등을 팽팽하게 부풀렸다. 인관이 엄마는 독기를 빼야 한다고 아랫집 문수 할아버지를 찾아 나섰다. 밭에서 일하던 문수 할아버지가 침통을 들고 뛰어왔다. 일하던 이웃 사람들이 인관이네 안마당으로 몰려들었다.

당시 동네 사람들은 병원을 찾지 않았다. 예산읍에 나가면 병원이 있었지만 그 누구도 병원에 데려갈 생각을 하지 않았다. 아니, 예산까지 나가는 데만도 2시간이 넘게 걸렸기 때문에 그 전에 손을 쓰는 게 먼저였는지도 모른다.

문수 할아버지가 한 뼘쯤 되는 대침을 들고 뱀이 물린 손등을 찔렀다. 독이 밴 피를 뽑아내려는 시도다. 그러나 딱딱하게 부어오른 손등이 침을 거부했다. 힘껏 찔러도 침은 박히지 않았다. 나 죽는다고 인관이가 비명을 질러대는데, 피는 나오지 않았다.

한참 동안 묶어놓은 탓에 인관이의 손등은 터질 것만 같았다. 필경 바람 들어찬 고무장갑이다. 사람들은 피가 통하지 않아서 그런 가 보다 하며 인관이의 팔뚝을 묶었다. 그리고 팔목의 끈을 풀었다. 손등의 부기가 빠르게 팔목을 넘어섰다. 다시 손등에 침을 박았지만 피는 나오지 않았다. 피를 짜내 독을 빼내려는 시도는 실패였다. 그때 동네 아저씨 하나가 나서 처방전을 내놓았다.

"독사이 물린 디는 금저리가 최고여. 금저리를 한 사발 잡어다가 니 물린 디를 침이루 좃어서 피를 내고 금저리헌티 피를 빨리믄 독기가 쭉 빠지는 겨."

사람들이 급히 논으로 달렸다. 30분쯤 지나 백여 마리의 거머리를 잡아 왔다. 손등에서 피를 빼기를 포기한 문수 할아버지는 팔뚝을 찔러 피를 빼기로 했다. 십여 차례의 시도가 있었다. 대침으로 팔뚝을 좃을_{찔러 파낼} 때마다 인관이가 이를 앙다물고 짙은 신음소리를 내질렀다. 겁에 질린 눈물들이 어룽어룽 눈가에 흩어졌다. 찌른 곳마다 한 방울씩의 붉은 피가 솟아오르고, 그저 그뿐이었다. 독기가 밴 채 퉁퉁 부어오른 팔뚝도 이미 바늘을 거부하고 있었다. 몇 방울의 피라도 빨려보자고 검은 거머리들을 팔뚝 위에 쏟아부었다. 무논에 들면 그토록 발목을 물어뜯고 덤벼들던 거머리들은 인관이의 팔뚝을 물어뜯지 않았다.

그것은 신기한 일이었다. 흡혈충인 거머리가 피를 거부하다니. 그것은 인관이의 살갗이 이미 독을 품고 있음을 거머리들이 아는 것만 같았다. 그렇지 않고서야 그것들이 피를 거부할 까닭이 있겠는가? 인관이의 팔뚝에서 나온 피가 몸에 닿는 족족 거머리들은 몸

176

을 동그랗게 움츠리고 피 빨기를 거부했다. 그리고는 주르륵 대야 속으로 떨어졌다. 대야에 떨어진 100여 마리의 거머리들은 몸을 웅크린 채 하얗고 노랗게 죽어갔다. 죽은 거머리들은 흡사 커다란 구더기 떼를 뭉쳐놓은 형상처럼 징그러웠다.

모든 것이 실패로 돌아갔다. 사람들은 커다란 김장용 무처럼 부푼 인관이의 팔뚝을 안타깝게 바라보다 돌아섰다.

그날 저녁 인관이의 팔뚝에 묶인 끈이 풀어지고 부기는 팔 전체로 뻗어 올랐다. 심장으로 가는 독기를 막으려는 인관이의 몸이 그의 겨드랑이에 주먹만한 멍울을 세워놓았다. 이후 오래도록 인관이는 보이지 않았다. 그리고 여름방학이 끝날 무렵 영영 나오지 못할 것 같던 인관이는 집 밖에 나왔다. 그의 마른 얼굴이 분을 칠한 듯 창백했다.

그 시절 그토록 극성을 부리며 농부들의 피를 빨아대던 금저리는 어느 순간 논에서 사라졌다. 1970년대 중반 통일벼가 보급되고, 병충해에 취약했던 통일벼에는 수없이 살충제가 살포되었다. 금저리에게 농약은 뱀의 독과 같은 것이었다. 농약을 거부하다 거부하다 금저리들은 노랗게 몸을 웅크리고 죽어갔을 것이다. 세상이 변하면 말도 변한다고 했다. 그런 탓일까. 충청도의 논에서 금저리들이 사라지자 충청말도 변해갔다. 대신 그 자리엔 서울 거머리를 닮은 그머리가 나타나고, 지금은 그 그머리조차 사라져 이제 충청의 기억 속엔 거머리만이 꿈틀거리게 되었다.

꽃자리가 좁아서

　　　　　　　　　　"지가 꽃자리가 좁아서 그맀
구먼유. 앞이룬 그러덜 않으께유."

　꽃은 아름답다. 봄이다. 해마다 이맘때면 산과 들이 상춘객으로
넘쳐난다. 핸드폰에는 꽃 사진이 가득하고, 인터넷의 카페며 블로
그마다 환한 꽃들이 수놓아진다. 그것은 내가 늘 보던 꽃들이다. 작
년에도 피고 재작년에도 피었던 꽃이다. 그럼에도 꽃을 만날 때마
다 나는 기분이 들뜬다. 가슴이 일렁인다. 떨어지는 꽃잎마저 새롭
게 빛난다.

　'꽃가루, 꽃가지, 꽃길, 꽃가마. 꽃구경, 꽃구름, 꽃놀이, 꽃눈, 꽃
내음, 꽃노래, 꽃노을, 꽃나이, 꽃다지, 꽃다발, 꽃동산, 꽃대, 꽃띠,

꽃무늬, 꽃망울, 꽃맺이, 꽃물, 꽃봉오리, 꽃비, 꽃송이, 꽃순, 꽃샘, 꽃잎, 꽃이슬, 꽃잠, 꽃자루, 꽃향기.'

사전을 펼치면 끝없이 이어지는 꽃말들. 꽃이 들어간 말은 다 예뻐 보인다. 심지어 꽃뱀도 예쁠 것 같다. 꽃상여는 죽음조차 예쁘게 눈물 난다. 세상 가득 넘쳐나는 데도 질리지 않는 꽃. 어쩌면 꽃은 우주와 자연의 시작과 끝을 지배하는 근원적 매력을 지닌 것만 같고, 그래서 나는 '꽃' 소리만 들어도 가슴이 흔들린다.

그러나 꽃에 대한 이야기는 늘 식상하고 진부하다. 예나 지금이나 꽃은 시가 되고 노래가 되지만, 아무리 뛰어난 이야기꾼이 새롭게 이야기를 그려내도 그것은 누군가가 수없이 노래했던 그 자리를 벗어나지 못한다.

충청과 전라 지방에서 흔히 쓰이는 말 가운데 '꼿자리가 좁다'라는 말이 있다. '꼿자리'는 '꽃자리'의 남도 말이다. 왠지 꽃의 근원적 매력을 드러내는 것만 같은, 그래서 나는 이 말을 좋아한다.

'꽃자리'는 '꽃이 피었던 자리'를 뜻하는 말이다. 엄동설한이 가득한 대한 大寒이면 나무들은 뿌리에 힘을 준다. 얼어붙은 땅속에서 양분을 끌어올리고, 입춘을 지나면서 가지의 빛깔을 살려내기 시작한다. 나무들은 우수의 하늘 끝으로 가지마다 생기를 뿜어 올린다. 그것들은 경칩이 지나면서 노랗거나 붉은 꽃눈으로 부풀고, 4월이 되기 전에 꽃망울로 터진다. 그렇게 개나리는 노랗고, 진달래와 벚꽃은 붉고 하얗게 세상을 수놓는다. 어둡고 칙칙한 자연이 꽃들로 채워질 때 그것을 봄날이라 부르며, 그 꽃잎들이 지는 모습 뒤로 이어지는 푸르른 생명을 나는 기대한다.

　꽃이 진 꽃자리엔 푸른 생명이 오롯이 숨어 있다. 진달래와 벚꽃은 꽃잎이 먼저 진다. 꽃잎이 지고 난 자리엔 꽃술 몇이 남아 어린 열매를 지키고, 꽃받침 몇이 새 생명을 감싸고 돌본다. 4월의 매화나무와 살구나무엔 하얀 솜털에 쌓인 연록색의 아기 매실과 어린 살구가 시디신 얼굴을 내민다. 5월 감나무의 노란 꽃자리엔 배꼽을 다 떼어내지 못한 어린 감들이 푸른 꽃받침 사이로 동그란 얼굴을 내민다. 그리고 그 열매들은 생명을 여물기 위해 봄날의 가뭄을 만나고, 긴긴 장마와 폭염을 지나 차가워지는 가을날을 붉게 물들인다.

　꽃자리는 배꼽이다. 생명의 근원인 탯줄이다. 우주와 자연의 생기를 받아 엄마의 뱃속에 자리한 흔적, 긴긴 어둠의 동굴 속에서 키워낸 생명의 근원이다. 잠시 눈을 내려 배꼽을 들여다보노라면, 이 땅의 생명들이 모두 꽃자리를 중심에 두고 살아감이 보인다. 벚과 매실과 살구는 꽃자리를 뾰족하게 밖으로 가꾸고, 감과 사과와 배는 꽃자리를 오목하게 가꾼다. 그 꽃자리의 중심에 다시 생명이 깃들고, 나는 그 꽃자리에서 면면히 이어지는 생명의 순환을 본다.

　표준말 '꽃자리'도 생명의 뜻을 담고 있지만, 자연의 이치를 인간의 삶으로 옮기는 데에는 남도말 '꽃자리'를 따르지 못할 듯싶다. 표준말 '꽃자리'가 '식물의 꽃이 진 자리'란 표상적 의미로 많이 쓰이는 데 반해, 남도 말 '꽃자리'는 '생각이나 마음이 맺혀 있는, 심성心性의 근원'을 표현하는 말이기 때문이다.

　'꽃자리'를 심성의 근원으로 인식하는 남도 사람들이 만들어낸

말이 '꽃자리가 좁다'라는 관용어다. '꽃자리'가 넓지 못하면 실한 열매가 맺지 못한다. 그런 것처럼 사람의 마음자리가 크지 못하면 살진 삶을 가꿔내지 못한다는 말이다.

"사램이 맴을 바르게 쓰야지 말여. 그렇기 꽃자리가 좁어 뭐를 허겄어?"

"너만 생각허덜 말구 넘덜두 가심이 품구 가야지. 사람이 꽃자리가 좁으믄 큰 일 뭇허닝 겨."

과거의 의미가 퇴색한 이 땅은 다시 꽃눈개비 휘날리는 봄날이다. 그 한복판에 서서 꽃이 지고 열매 맺는 자연의 표상을 우리 삶에 옮겨 가꾸고자 했던 의미, '꽃자리'를 알차게 가꿔가는 남도의 봄날을 나는 추억한다.

홍재를 찾다

어렸을 적 함께 놀던 '홍재'를 오랜만에 만났다. 반가웠지만 나는 그가, 홍재가 확실한지를 몰라 말을 더듬었다. 어릴 적 모습을 기억하려 애썼다. 홍재의 모습이 또렷하게 떠오르는데 지금 그의 모습은 참 많이도 달라져 있었다.

5월도 간다. 무르익은 봄은 여름이 된다. 점심을 먹기 위해 짜장면을 시켰다. 시킨 건 난데 돈은 아내가 낸다. 아내는 오늘 횡재를 했단다. 작년에 입었던 여름옷을 꺼내다 주머니에서 2만 원을 발견했단다.

"횡재했구면."

"맞어, 횡재한 기분이네."

사람이 살아가다 보면 늘 이런 일들이 있다. 내 돈 내가 찾은 것이니 횡재일 까닭이 없는 데도 횡재를 한 것만 같다. 짜장면 맛도 까닭 없이 더 쫄깃하다. 하하 웃으며 말아 올리는 짜장면 면발 속에 문득 '홍재'의 얼굴이 떠오른다.

　"으응? 충청도선 횡재가 아니라 홍잰디?"

　"홍재?"

　"생각 안 나남? 이전인 다덜 '홍재혔다. 홍재 맞었다'라구 힜잖어."

　"이잉? 난 어렸을 적버터 횡재한다고 쓴 것 같은디? 홍재는 통 몰르겠네."

　"아녀. 홍재여. 근디 왜 이렇게 홍재가 까마득허댜?"

　"옛날 으른덜이 홍재라 썼는진 모르겠지만 지금은 아무도 안 쓰잖어. 그러구 옛날이 썼더라도 그것 기억하는 사람이 오딨어?"

　하긴 잊혀지지 않는 과거가 어디 있는가? 젊은이들은 어려서부터 표준말을 배우고 쓰니 사투리보다 표준말에 익숙하다. 노인 분들은 사투리를 쓰더라도 표준말에 가까운 말을 선택해 쓴다. 밤낮으로 집안을 장악한 텔레비전에서는 표준말이 가득하고, 세상 가득한 표준말 속에서 지역 사투리들은 발붙일 곳을 찾지 못하고 떠돌다가 하나둘씩 사라져 간다. 드라마엔 전라도 말과 경상도 말이, 충청도 말과 강원도 말이 마구 뒤섞여 분간하기 어렵다. 이런 세상에 어느 누가 수십 년 전 어릴 적에 듣고 쓰던 사투리를 온전하게 기억하고 쓸 수 있겠는가?

할머니와 할아버지들을 찾아가 물어도, 이미 그분들의 기억 속에서 사라진 말들이 대부분이다. 더러 기억한다 해도 분명치가 않고 내 기억 속의 충청말도 그분들처럼 하나둘 과거로 숨어들고 있다.

홍재! 너도 그렇다. 주변을 돌아봐도 너를 기억하는 이 많지 않을 듯싶다. 그럴 때면 나는 인터넷을 여행한다. 10년쯤 전만 해도 인터넷엔 많은 기억들이 저장되어 있지 않았는데, 지금은 수많은 정보들이 헤엄쳐 다닌다. 그러나 과거로의 여행은 쉽지 않다. 일반 검색으로는 현재의 언어들만 가득하기 때문이다.

나는 블로그와 카페를 여행한다. 나이 든 분들이 운영하는 블로그와 카페엔 그들의 삶이 배여 있다. 국어사전에서도 방언사전에서도 찾을 수 없는 말, 국립국어원 홈페이지 '방언 찾기' 방에 기록되지 않은 말들이 개인 블로그와 카페엔 즐비하게 살아 있다. 현재의 삶은 과거의 연장이며, 삶의 정체성은 과거로부터 이어져 있다. 과거는 우리 삶의 근원이며 그리운 추억이다. 개인이 운영하는 블로그와 카페 속에는 그들의 과거 삶이 조각조각 흩어져 있는 것이다.

인터넷 속에서 '홍재'를 찾으니 현재의 홍재들만 수없이 얼굴을 내민다. 수십 개의 블로그가 지나고, 수백 개의 카페들이 눈빛을 마주쳤다간 흩어진다. 그리고 수천의 이야기 바다 속에서 그리운 '홍재'가, 충청 사투리 '홍재'가 드디어 나를 반긴다. '나 오늘 홍재 만났어.'가 웃고, '홍재 맞은 날!'이 손을 흔든다.

반가웠다. 나는 손을 내밀었다. 까마득한 기억 저편에서 일렁이던 홍재가 다가와 내 손을 잡았다. 그러나 오랜만에 만난 홍재는 예전과 달라져 있었다. 너의 손은 예전의 그리운 홍재가 아니라 낯선 이름 횡재의 손이었다. 내 어릴 적 어른들의 입에 오르내리던 홍재의 손은 과거의 그림자로 흩어져 가고, 이제 너는 각박한 세상의 로또처럼 일확천금의 욕심이 되어 나와 멀어져 있었다.

뜻밖의 재물을 얻으니 어찌 기쁘지 아니하랴? 그 재물이 짜장면을 나눠 먹을 만큼의 작은 것일지라도 어찌 귀하지 않으랴? 나는 오늘 아내와 짜장면을 먹다가 옛 친구 홍재를 기억했다. 인터넷을 여행하면서 흐릿하게 멀어져 가는 추억 속의 말을 만났다.

험데기 벳기기

마음이 거기 가 있으면 그것이 다가오는 것처럼, 충청도 사투리를 마음에 품고 살아가다 보면 잊었던 말들이 누군가의 입에서 불현듯 살아나온다.

"왜 이렇기 늦었대유?"

"아이구. 죄송히유. 축구 허다가 깜막히서."

"근디 다리가 불편허신가? 다쳤유?"

"아뉴. 그건 아니구 좀 부딪쳤넌디 험데 까지넌 중 알었유."

"험데? 이야. 그거 여태 잊구 있었넌디 백만 원짜리 충청말이다."

"예에? 험데 까진다넌 말은 맨날 쓰넌 말였잖유?"

군에서 매월 발간하는 『예산소식지』를 꾸며가는 이들의 저녁 약속. 담당 팀장이 늦어 전화를 하니 동호인 축구를 하다가 깜박 까잡쳤단다. 허겁지겁 식당 안으로 들어오는 발걸음이 좀 어쭙잖다.

다쳤는가 물으니, "공 차다가 자빠져서니 무르팍 험데가 홀러덩 벗겨졌유."도 아니고, 어딘가에 부딪쳐 까질 뻔만 했단다. 그런데 '험데'란 말이 천둥처럼 귀를 때린다. 이건 직업병이다. 어디에 얼마나 부딪쳤단 말보다 충청 사투리 '험데'가 먼저 달려오는 것은.

험데라, 참 이상도 하지. 어렸을 적 입에 달고 살던 말. 충청도 사람이라면 모르는 이가 없을 험데가 어딜 갔다가 이제 나타난 것일까? 그처럼 많이 쓰이던 말이 어느 한순간 이처럼 감쪽같이 사라질 수도 있는 것일까?

아무튼 불쑥 찾아온 백만 원짜리 '험데' 안주를 놓고, 이물 없는 식구들과 마주한다. 못 먹던 술이 술술 넘어간다. 술이 몇 잔 돌아드니 머리꼭지가 돌고, 꼭지가 알딸딸하니 입이 절로 벌어진다. 조심성 없는 말들이 터진 입이라고 마구 넘나들고, 실없이 삐져나오는 웃음소리가 까닭 없이 잦다.

지척지척 집에 돌아오니 속은 울렁거리고 머리는 띵한데, 빙빙 도는 눈앞에 '험데'가 어른거린다.

'험데, 험데기.'

흔들리는 손가락을 더듬으며 인터넷을 검색한다. 먼저 인터넷 국어사전, 다음국어사전이 켜졌고 네이버국어사전이 켜진다. 그런데 험데가 보이지 않는다. 홀러덩 벗겨져 어디로 사라져 아무 데도 보이질 않다가 국립국어원 방언찾기를 열으니 거기 '험데기'가 조그맣게 숨어 있다.

'험데기 : 보늬. 충남 보령말.'

'보늬'는 요즘 잘 쓰지 않는 말이다. 밤의 겉껍질을 까고 나면 속껍질이 나온다. 딱딱한 호두를 까고 알맹이를 꺼내면 그 알맹이를 싸고 있는 얇은 속껍질이 또 나온다. '보늬'는 이런 과실의 속껍질을 뜻하는 우리말이다.

'그런데, 험데가 보늬라고? 이런 말도 안 되는 자료 같으니.'

국립국어원 홈페이지를 덮고 생각한다. '험데, 험데기'는 충청도 사람이라면 누구나 쓰던 말이다. 그런데 왜 인터넷에 안 나올까? 나는 침침한 눈을 들어 '험데'의 뜻을 추려 간다.

'험데'는 '험데기'의 줄임말이다. 물론 '보늬'의 뜻으로 쓰이기도 한다. 그런데 '보늬'에 대응하는 충청말은 '보네'다. 그러니 보늬가 '험데'일 리가 없다. 나는 '험데, 험데기'의 표준말은 무엇일까를 생각하며 어르신들의 말을 떠올려 간다.

"뉘가 험데를 벗구 뽕을 먹너먼."

"배얌 험데기는 뭐더라 벳기능 겨?"

"햇벗이 타서 등짝 험데기가 다 벗겨지너먼."

이렇게 보면 험데, 험데기는 '허물'을 뜻하는 말이다. 나는 얼른 험데기 옆에 '허물'을 적어 넣는다.

"감자를 험데두 안 벳기구 가냥 먹는 겨?"

"멍웃대 벼왔이닝께 험데기는 네가 점 벗겨라."

"빠나나는 험데를 까구 먹는 겨."

이렇게 보면 험대, 험데기는 '부드러운 껍질'을 뜻하는 말이다. 나는 또 '껍질, 껍데, 껍데기'를 적어 넣는다.

"호도 속험데는 벗겨 먹지 않아두 뎌."

"귤 속험데기는 기냥 먹는 겨."

라고 하면 '보늬'가 된다. 나는 '보늬'를 적어 넣는다.

'허물, 껍질/껍데기, 보늬'를 '험데, 험데기' 옆에 적어 넣고 보니 마구 헷갈린다. 어느 것이 '험데, 험데기'에 어울리는 표준말인지 구분이 가질 않는다.

나는 다시 '허물'과 '껍질, 껍데기'를 찾아 나간다. 오래전에 출간된 국어대사전을 꺼내 놓고 옛말을 더듬어 간다. 전국방언대사전을 펴놓고 손가락을 짚어 간다. 그러나 특별한 것은 보이지 않는다. 충청도 사람들의 블로그를 검색해 간다. 거기 몇몇 사람들이 써놓은 '험데기'가 보인다. 그저 그뿐이다. 이제는 어원풀이를 검색해 간다. 어느 학자의 글을 검색하니 대략 이런 뜻이 보인다.

'껍 : 딱딱함을 나타내는 것으로 옛말 '겁'이 변한 말.'
'데기/대기 : 딱딱하고 굳은 것을 나타내는 접사.'

책을 뒤지고 인터넷을 찾아갈수록 '험데, 험데기'의 표준말은 보이지 않고 머리만 복잡해진다. 문득 돌아보니 창밖이 환하고 아내가 일어나 세수를 하고 있다. 어지럽던 머리가 돌아오고, 울렁거리던 속이 제자리를 찾은 지는 오래다.

아침 한나절을 퍼자고 일어난 오후, 나는 아내와 산책을 나갔다. 머릿속은 아직도 '험데기'로 가득 차 있다. 개울가를 걸으며 투덜거렸다.

"국립국어원 방언조사 자료를 보닝께 '험데기'를 '보늬'라구 힜던디 그건 잘못 조사된 겨. 근디 어제 밤새 따져 봐두 '험데기'의 표준말이 뭔지 헷갈리네."

내 말에 아내가 한심하다는 듯 핀잔을 준다.

"참내, 험데기는 허물이잖어. 배얌이 험데기 벗넌 게 허물 벗는 거지."

아내의 말끝에 '이 바보야.'가 들어가면 딱 어울릴 듯싶다. 암만 똑똑한 척 해봤자 이런 땐 내가 헛똑똑이다. 아내의 말을 들으니 딱 정리가 된다. 표준말 '허물'과 충청말 '험데기'는 같은 말이다. '허물'은 살갗을 뜻하는 '험'에 접사 '-울'이 붙은 것이고, 충청말 '험데기'는 '험'에 '-데기'가 붙은 것이다. 이렇게 간명한 것을 허물과 상관없는 빈 '껍데기'만 만지작거리느라 밤새 헛지랄을 한 내가 똑 바보 아니냐?

'험데기 : 동물의 살가죽. 파충류나 곤충이 자라면서 벗거내는 몸의 껍질, 척추동물의 표피, 사람의 살갗 따위를 통틀어 이르는 충청말.'

'험데 : ' 울〉험울→'허물'의 충청말인 '험데기'의 준말.'

마음이 거기에 가 있으면 그것이 늘 가까이 다가오는 것처럼, 충청도 사투리를 마음에 품고 살아가다 보면 소중한 조언들을 만난다. 잃어버린 기억을 되살려 주고, 헤매던 길 어디쯤에서 이정표를 밝혀 주는 누군가를 만난다.

나는 그들의 언어와 조언을 마음에 품고 다시 내 자리로 돌아온다. 내가 할 일은 그들의 언어와 조언을 소중히 정리해 가는 일일 뿐이다.

뚝배기와 투가리

예산은 토질과 기후가 사과 재배에 유리하여 1920년대부터 사과농사가 성행하였다. 그래서 일찍이 경북 상주, 충북 충주와 더불어 우리나라 3대 사과 산지로 각광을 받아왔다.

1970년대는 일본에서 들여온 '후지^{부사}'가 보급되던 때였다. 그때까지 사과 품종을 대변해 오던 '국광'과 '홍옥'의 시큼한 맛은 달콤하면서도 바삭바삭한 후지의 맛에 비할 바가 못 되었다. 예산 지역에도 품종 개량 바람이 불고, 1970년대 후반부터는 본격적으로 후지가 출하되기 시작하였다.

지금이야 사람들이 부사든 후지든 같은 사과라는 것을 알지만,

그 당시 예산에서는 '부사'라는 말보다는 일본말 그대로 '후지'라 부르는 사람이 대부분이었다. 1970년대, 후지의 맛을 몇 번 본 나는 그 황홀한 맛에 반해 버렸다. 과수원을 하는 사람들은 '후지'의 맛이 사과의 으뜸이라 하였고, 나도 사과의 으뜸은 '후지'라고 믿고 있었다.

그때 나는 고등학교에 다니고 있었다. 하굣길, 예산읍내 골목길에서 말싸움을 하고 있는 두 아이를 만났다. 초등학교 2~3학년쯤으로 보이는 아이들이었다. 핏대를 올리며 서로가 옳다고 큰 소리로 싸우고 있다가, 지나가는 나를 보더니 불러 세웠다.

"형아, 쟤가 자꾸만 제일 맛있는 사과가 부사라고 우겨유. 우리 집이 과수원 허넌디 후지가 젤 맛있는 사과유. 형아, 후지가 젤 맛있는 사과 맞쥬?"

"울 아부지가요. 얼마 전에 부사를 사왔는데요. 그게 우리나라서 젤 맛있는 사과랬어요. 먹어보닝께 무지 맛있어요. 부사가 젤 맛있는 사과 맞죠?"

"우리 둘이 내기를 힜거든유. 진 사람이 마빡 한 대 맞기루유. 그러닝께 형아가 심판을 봐줘유."

나는 그때 잠깐 머뭇거리다가 분명하게 대답했다.

"사과 중이서 질 맛있넌 건 후지여."

"거봐, 저 형아두 그러잖어. 빨랑 마빡 대여."

"우씨. 젤 맛있넌 사과는 부사가 맞어요. 울아부지가 그랬어요."

환호와 탄성의 목소리가 돌아서는 내 뒤통수를 때렸다. 특히 이

마를 맞으면서도 끝까지 부사가 더 맛있는 사과라고 외쳐대는 아이의 목소리가 자꾸만 가슴에 걸렸다. 그것은 내가 후지는 먹어왔지만, 부사를 먹어본 적이 없었기 때문이었다. 청과물 가게에서 가끔 본 적이 있는 사과 이름 부사. 그것은 크고 보기 좋은 데다가 모양도 후지와 비슷해 보였다. 사과 위엔 한자로 '富士^{부사}'라고 쓰인 금빛 딱지가 붙어 있었다. 그것을 먹어본 적이 없기에 혹 내가 틀릴 수도 있다는 생각에 마음이 편칠 못했다.

다음날 나는 과수원을 하는 친구에게 물었다.

"야, 너 부사라넌 사과 알지? 그게 후지허구 오티기 달른 겨?"

"부사? 그게 후진디. 일본말루는 후지구, 부사는 우리말이여."

아뿔싸, 나는 그만 큰 잘못을 저지르고 말았다. 제대로 알지도 못하면서 아이에게 큰 상처를 주었다. 그 덕에 지금도 이마를 맞으며 소리치던 그 아이의 목소리를 가슴에 담고 살아간다.

어릴 적 나는 투가리를 자주 보았다. 진흙을 구워 만든 검은 그릇. 자주 쓰는 그릇은 아니었지만 된장국을 끓일 때면 할머니는 투가리를 이용하였다. 그런데 언젠가부터 내 주변에서 투가리가 하나둘 사라지기 시작했다. 그러다가 내가 대학에 다닐 즈음에는 투가리를 볼 수가 없었다.

세상에는 참 비슷한 이름들이 많다. 질그릇만 해도 그렇다. 쓰임에 따라, 크기에 따라, 모양에 따라 이름이 제각각이다. 진흙으로 만들었으니 '도기陶器'라고도 하고, 불에 구웠으니 '석기炻器'라고도 하고, 검은빛을 내니 '오자烏瓷'라고도 한다. '독, 항아리, 동이, 옹배기, 약탕관, 뚝배기, 질그릇, 오지그릇' 등 그 이름을 다 나열하기도 어렵다.

대전에서 대학 4년을 보내는 동안 나는 투가리를 만나지 못했다. 가끔 식당에서 만나는 된장국은 투가리가 아닌 뚝배기에 담겨 나왔다. 친구들은 그것을 늘 뚝배기라 불렀고, 나는 투가리를 왜 뚝배기라 하냐고 했다가 웃음거리가 되고 말았다. 그 뒤로 나는 비슷한 것들이 하도 많은 세상이니 투가리와 비슷한 것에 뚝배기란 것이 또 있구나 생각했다. 내 머릿속에서 투가리는 그렇게 희미하게 지워지고 있었다.

대학을 졸업하고 고향에 돌아왔다. 고향에 돌아와도 더 이상 투가리는 찾을 수가 없었다. 그러던 어느 날 식당에서 나는 선배와 식사를 하게 되었다. 보글보글 끓어오르는 된장국이 뚝배기에 담겨 있었다.

"캬, 역시 뚝배기버던 장맛이여. 된장국은 뚝배기에 끓여야 된다니까."

선배는 된장국을 먹으며 감탄사를 연발했다. 그것을 보니 문득 잊고 있던 투가리가 떠올랐다.

"형, 이건 투가린디 왜 뚝배기라구 허닝 겨?"

"뭐, 투가리? 야, 이게 왜 투가리냐? 이건 뚝배기여, 뚝배기."

참, 모를 일이었다. 고향 예산에서도 뚝배기가 판을 치고 있었다.

오랜 시간이 지나고, 나는 충청말을 찾아다니는 어른이 되었다. 그러던 가운데 나는 잊고 있던 투가리를 다시 꺼내 들었다. 국어사전을 뒤지고 인터넷을 검색하며 투가리와 뚝배기가 어떻게 다른가에 대하여 살펴보았다. 그런 다음 드디어 나는 그 동안 보았던 수많은 뚝배기들이 충청도의 투가리라는 것을 분명히 확인하였다.

말이 달라지면 개념도 달라진다. 서울말 뚝배기가 충청도에 내려와 자리를 잡으면서 충청도의 투가리가 뚝배기로 둔갑한 것이다. 충청도의 개념이 사라지고 서울의 개념이 자리 잡은 것이다. 충청도 사람이 충청도 말을 잊고 서울말에 익숙해지면서 충청의 모습도 서울의 것이 되어 버렸다.

고운 말을 쓰면 우리 삶이 고와지고, 거친 말을 쓰다 보면 우리 삶도 거칠어진다. 말은 정체성이다. 충청의 말이 사라지면 충청의 정체가 사라지고, 말의 다양성이 인정되지 않으면 지역의 삶과 문화도 획일화될 위험에 처한다.

※ '뚝배기'를 충남지역에서는 '투가리'나 '투거리'라고 쓰고, '뚝배기'라고도 많이 쓴다.

쏙소리감과 쏙소리 산행

　　사람들은 조그만 감을 쏙소리 감이라 불렀다. 가을 산을 헤매다 보면 더러 노란 감들을 달고 있는 야생감나무를 만나곤 했다. 민둥산의 감나무들은 제대로 자라질 못했다. 겨울마다 가지가 잘리고 밑동이 잘리고, 운 좋게 몇 년을 버틴 야생감나무엔 몇 개의 감이 열렸다. 그러나 야생감나무에 열리는 감은 먹을 것이 없었다. 그것은 고욤보다 큰 정도거나, 호두알만큼 작은 것이기 때문이었다. 동네 사람들은 그런 야생감을 쏙소리감이라 불렀다.

　　우리 동네엔 기와집이 딱 하나 있었다. 북서쪽으로 차령산맥의 지류가 흐르고, 우뚝 솟은 안락산의 골짜기에 담긴 우리 동네는 외진 산골이었다. 안산을 따라 시내가 흐르고 30여 채의 초가집들이 산줄기를 따라 옹기종기 늘어서 있었다. 동네 사람들은 안산에 기대고 있는 곳은 햇살이 드물다 하여 음달이라 불렀고, 맞은편은 양달이라 불렀다. 산줄기를 따라 늘어선 초가집들, 기와집은 그 양달 마을의 맨 아래편에 있었다. 그 집은 위채와 아래채로 나누어졌고 집 주위로 담이 쳐져 있었다. 경사진 산에 붙여 쌓은 그 담 안엔 커다란 감나무 한 그루가 담장 밖까지 가지를 뻗고 있었다.

그 감나무엔 감이 참 많이도 열렸다. 감나무가 잎을 다 떨군 가을이면 가지마다 탐스런 감들이 주황으로 물들었다. 마치 봄날의 꽃잎처럼 하늘을 수놓은 주황의 감송이들. 나는 그것을 올려다볼 때마다 군침을 삼켰다.

10월이 무르익으면 사람들은 감을 따기 시작했다. 말랑한 홍시는 따는 대로 먹고, 딱딱한 주황은 우려먹기도 하고 껍질을 벗겨 처마에 매달기도 했다. 그러나 11월이 되어도 그 집은 감을 따지 않았다. 기와집의 감나무엔 주황들이 그득했다. 서리가 내릴 때마다 하나둘 쏟아지고, 눈이 내릴 즈음엔 주황의 주검들이 담장 주변에 까맣게 쌓였다.

보기에는 참 좋았지만 기와집의 주황은 쭉소리감이었다. 다른 감나무들이 주먹만한 열매를 키울 때 기와집의 감은 호두알만한 주황을 키웠다. 크기가 작은 만큼 주황들은 무더기로 매달렸다. 하늘 가득 주황들은 탐스런 예쁨을 자랑했다. 주전부리가 귀한 동네 아이들이 더러 담장에 매달리기도 했지만 배가 부르지는 않았다.

언젠가 그 집 아이와 함께 담장에 매달린 적이 있었다. 주렁주렁 탐스런 감들이 내 손 가득 쥐어졌다. 호두알 같은 감들. 그 중 말랑 말랑 홍시를 입에 넣었다. 씹을 것이 없었다. 감 속에는 씨만 가득했다. 그러나 감나무가 없던 나는 씨에 붙은 조그만 달콤함에 충분히 감동할 수 있었다.

나이가 들고 나는 충청말을 공부하는 사람이 되었다. 어릴 적의 쏙소리감을 생생히 추억하는 나는 그 말을 충청말사전에 올리기로 했다. 그런데 쏙소리가 알쏭달쏭했다. 어려서 들어본 것은 같은데 기억이 가물거렸다. 사전을 검색하고 국립국어원의 방언집을 들여다보고, 산골의 노인 분들을 찾아다닌 끝에 어렸을 때 들었던 쏙소리의 기억을 겨우 되살려냈다.

쏙소리는 상수리의 충청말이다. 아니, 상수리橡-의 순우리말이다. 내 어렸을 적의 산에는 큰 나무가 드물었다. 벌거벗은 봄날의 산엔 키 작은 진달래가 붉은 꿈을 물들였다. 고사리며 취나물이며 싸리순 다래순이 초록으로 돋아나고, 여름이면 산들은 온통 잡목들로 무성하여 푸르름을 되찾은 듯했다. 그러나 나무꾼들이 가득한 겨울이면 산들은 다시 옷을 벗었다. 그러다 보니 산에는 참나무들이 크게 자랄 틈이 없었다. 가을이면 자라다만 갈참나무가 새 끼손톱 같은 도토리를 소복하게 매달고 있을 뿐이었다. 가을 산마다 도토리를 따러 다니는 도토리꾼들은 흔했지만, 오래 묵은 상수리나무나 굴참나무에서 열리는 상수리를 구경하기는 쉽지 않았다. 더러 아랫마을까지 상수리를 주우러 다니는 이들이 있었는데 그럴 때면 어른들은 '누군 쏙소리를 주스러 갔어.'라거나 '아랫집인 쏙소리를 잔뜩 주서 왔데.'라고 말하곤 했다.

그 시절엔 도토리와 상수리를 참 잘도 구분했다. 그러나 지금은 도토리와 상수리를 구분할 줄 아는 이가 드물어졌다. 당연히 도토리나무와 상수리나무를 구분할 줄 아는 이도 없어졌다. 도토리나 상수리나 모두 참나뭇과의 열매를 일컫지만, 산골에서 나고 자란 나도 도토리나무와 상수리나무를 정확히 구분하지 못한다. 보통 우리들은 상수리나무나 굴참나무, 졸참나무 따위를 참나무라 부른다. 이는 모두 참나뭇과의 나무들로 생김새가 아주 흡사하여 구분하지 못하는 것이다. 줄기가 희고, 거죽에 울퉁불퉁 골이 패여 겉으로 보아서는 알 수가 없다. 그러니 아는 사람들이나 그런 나무에서 열린 것을 상수리라고 부른다. 그리고 줄기가 매끈하고 밤나무와 닮은 참나무 종류인 갈참나무, 떡갈나무, 신갈나무 등을 따로 구분하여 그 열매를 도토리라 부를 뿐이다.

그러나 옛사람들은 참나무의 종류를 정확히 알고, 그 열매의 이름을 따로 붙여 부른 듯하다. 우리 동네 어른들은 갈참나무에 열린 열매만을 도토리라 불렀다. 신갈나무 열매는 신갱이라 구분하여 불렀다. 떡갈나무 열매는 떡갈나무 도토리라 했고, 밤나무에 열리는 열매는 밤, 상수리나무의 열매는 쏙소리라 했다. 아무래도 우리들의 할아버지 할머니가 살던 예전이라면 참나무의 열매마다 서로 다른 이름이 있었을 것만 같다.

올해는 상수리가 풍년이다. 40년 전의 민둥산은 사라지고, 어느 산을 가도 굴참나무와 상수리나무가 무성하다. 지난 추석에는 작은아버지가 상수리를 두 바가지쯤 주워 왔다. 할아버지 할머니 산소를 다녀오다가 주웠다고 했다. 아내와 나도 그곳을 지나며 상수리를 주웠다. 한 시간쯤 주우니 한 바가지가 넘었다. 임도와 산길에 온통 상수리 천지다. 산속으로 이어진 길마다 상수리가 떨어져 있고, 조금만 서성이면 누구나 몇 덩이의 묵을 쑤어 먹을 만큼 주울 수 있었다. 이웃집은 몇 말을 주워왔다고 하고, 아파트의 이웃 할머니는 한 가마니 가득 상수리를 주워와 아파트 마당에 널어 놓기도 했다.

이제 10월이 가고 있다. 9월에 먼저 익어 떨어지는 갈참나무, 신갈나무 도토리는 이제 말라갈 것이고, 10월에 떨어지는 상수리나무의 열매는 아직 산길에 널려 있을 것만 같다. 이번 주말에는 상수리가 아닌 쪽소리를 만나러 산행을 가야겠다.

똥독깐에서 똥두깐으로

사람은 자신이 경험한 크기의 눈으로 살아간다. '정저지와井底之蛙'라 했던가. 좁은 삶의 터전에서 벗어나 본 적이 없는 개구리는 하늘이 높은 줄만 알지 넓은 줄은 모른다. 바다와 같이 거친 세상을 알지 못한다. 그래서 우물 안 개구리는 홍수에 떠밀려 우물에 빠진 거북이의 바다 이야기를 믿지 않는다. 아니 믿지 못한다. 푸른 개구리참외를 먹어보지 못한 아이에게 푸른 참외는 참외가 아니다. 작고 달콤한 토종 다래를 먹어보지 못한 사람은 크고 시큼한 키위가 다래라는 것을 쉽게 인정하지 못한다. 비단 개구리가 아니더라도 보지 못하고 경험하지 못한 세상을 가슴으로 받아들이는 일은 참으로 어려운 일이다.

나는 어려서 '똥두깐'을 '똥독깐'으로 알고 자랐다. 어릴 적 우리 집은 초가집이었다. 위채와 아래채가 있었다. 그 오른편에 헛간이 있었고 돌담을 따라 헛간을 돌아가면 신석기시대 움집처럼 지어진 뒷간이 동그마니 서 있었다. 그 조그만 집의 반은 잿간이었고, 반은 대소변을 보는 곳이었다. 우리 집 어른들은 이를 '똥두깐'이라 불렀다. 증조할머니와 할머니, 아버지와 어머니 모두 '똥두깐'이라 했다.

'똥두깐'의 말뜻을 정확히 모르던 나는 내 나름대로 해석을 했다. '똥두깐'에는 좁은 공간의 가운데에 커다란 항아리가 묻혀 있고, 그 위에 나무판자가 있어 앉아 용변을 볼 수 있도록 되어 있었다. 이때 땅속에 묻혀 대소변이 쌓이던 항아리를 사람들은 '똥독'이라 했다. '똥오줌을 받는 독'을 뜻하는 '똥독'. 나는 이 '똥독'을 통해 '똥두깐'의 의미를 해석했다.

"그려, '똥두깐'은 똥독을 묻어 놓구 똥오줌을 누넌 곳이닝께 '똥두깐'이 아니구 '똥독깐'인 겨."

그 뒤로 나는 '똥독깐'이 맞는 것이라 철석같이 믿었다.

사람들은 '똥독깐'을 다른 말로도 많이 썼다. 어떤 이는 '똥띠깐'이라 하고, 어떤 이는 '똥쑤깐'이라고도 했다. 모두 말을 정확히 알지 못해서 틀리게 쓰는 것으로 생각했다. 어떤 이가 '뒤깐'이라 하고 또 어떤 이가 '디깐'이나 '두깐'이라 할 때마다 그것은 '뒷간'을 잘못 쓰는 것이라 생각했다.

대학에서 국어학을 공부하면서도 생각은 바뀌지 않았다. '똥독간'이 진짜 충청말의 표준인가는 따져보지 않고 당연히 그렇다고 고집하며 살았다. 그 고집과 함께 세월은 흘러갔고, 불혹의 나이가 저물 무렵에서야 나는 '똥독깐'에 물음표를 찍었다.

몇 년 전이었다. 국어사전을 뒤적이다가 '두깐'을 발견했다. '두깐'의 뒤에는 '변소의 충청말'이라는 설명이 붙어 있었다. 깜짝 놀랐다. '똥독깐'도 아니고, '뒤깐'도 아닌 '두깐'이 충청말의 대표격이라니. 나는 많은 책과 인터넷을 뒤졌다. 어느 책에는 '두깐'이 대표적인 예산말이라 했다. 더 깜짝 놀랐다. 예산에 살면서 더러 '두깐'이라 하는 이들을 보았지만 그 말을 들을 때마다 나는 '뒤깐'을 잘못 쓰는 것이라 무시해 버렸다. 그렇게 무시해 버리고 '똥독깐'만 고집했던 나는 쉽게 '두깐'을 인정할 수가 없었다.

나는 공책에 '똥독깐'과 '두깐'을 적어놓고 고민을 시작했다. 충청말과 예산말을 찾으며 수없이 쏘다녔다. 그리고 몇 년이 지난 뒤에서야 나는 '똥독깐'이 아닌 '두깐'을 충청말의 중심으로 인정하게 되었다.

'두깐'은 '뒷간'이 변한 말이다. '뒷간'을 소리 나는 대로 편하게 말하면 '뒤깐'이 된다. '구린내가 가득 풍기는, 똥을 받는 똥독이 묻힌 곳'이란 뜻의 지저분한 '똥독깐'이 아니라, 뒤를 보는 곳이란 점잖은 이름이 '뒤깐'이다. 그런데 충청도에서는 이를 '두깐'이라 했다.

'뒤깐'을 '두깐'이라 한 까닭은 의외로 간단하다. 지금 표준말에서는 '뒤'를 한 소리로 내지만, 충청도에서는 'ㅟ'가 이중모음이다.

당연히 '뒤깐'은 [두이깐]으로 말해야 했다. 그런데 '두이깐'은 말하기가 아주 불편하다. 그래서 충청도 사람들은 말하기 쉽게 '두깐'이라 했다. 이처럼 충청도 사람들은 복잡한 말을 쉽게 말하고 어려운 소리는 간단하게 바꿔 썼다. '위인전'을 읽으면 '우이인전'이 된다. 이럴 때는 쉽게 ㅣ모음을 생략하고 '우인전'이라 한다. '옷을 휘^후이질렀다'라고 하지 않고, '옷을 후질렀다.'라고 한다. '위험^{우이험}하다'를 '우염허다'라 한다.

우습게 보이는 낱말 하나를 고치는 데에도 몇 년의 세월이 걸렸다. 내가 알고 있는 것이 옳지 않을 수 있다는 것은 생각하기도 어렵지만 그걸 고치기는 더 어렵다. 하물며 경험 밖의 세상을 이해하고 받아들인다는 것은 얼마나 어렵겠는가? 세상을 넓게 경험하는 일이 중요하다 생각하지만 우리가 세상 일을 모두 경험할 수는 없는 일이다. 돌아보면 나는 여전히 우물 안 개구리다. 기왕 개구리라면 나 밖의 세상에 귀 기울이는 개구리, 많은 이들의 이야기를 품어가는 가슴 넓은 개구리가 되고 싶다. 그것이 '똥두깐'처럼 좁은 나의 우물 속으로 깊어만 가는 고민거리다.

제4부

깡통에 보리방구

개보름날

충청도의 정월열나흗날 음력 1
월 14일은 개보름이다. 어린 날의 개보름날 저녁, 이웃집 아주머니가
개밥그릇을 바꾸고 있었다. 그동안 개밥그릇으로 쓰던 찌그러진
양재기를 치우고 커다란 양푼을 개집 앞에 놓고 있었다. 그리고는
바가지 가득한 찬밥덩이를 들이 쏟고 있었다. 누룻한 양푼에는 개밥
이 넘치고 있었다. 그것은 개가 먹을 수 있는 양이 아니라 큰 도야
지도 배부르게 먹고 남을 만큼의 양이었다.

"엄마, 남수 엉아네는 개밥을 왜 그렇기 많이 주는 겨? 그 집 아줌
니가 크다란 양푼이다 바가지루 밥을 퍼주던디 왜 그런댜?"

저녁을 먹으며 어머니에게 물었다.

"오늘이 개보름이잖어. 원래 개보름날인 그렇기 많이 주는 겨."

"개보름날인 그렇기 허능 겨? 근디 개가 그거 다 먹구 배 터지믄 오쩐댜? 그렇지 않으믄 짜구가 나 뻐릴 텐디?"

옆에서 진지를 들던 할머니가 불쑥 껴들었다.

"그게 개보름 쇨라구 그러닝 겨."

"개보름 쇨라구? 할머니, 개보름 쇠넌 건 뭐래유?"

"이, 그게 대보름날이 가이를 쫄쫄 궁기넌 겨. 니얼이 대보름날이잖어. 대보름날 가이는 원래 밥을 안 주능 겨. 니얼 가이헌티 밥을 주믄 가이가 빼빼 말르구 집안이 파리가 꾀는 겨."

아니, 대보름날같이 좋은 날 왜 개를 왜 궁긴댜? 그러구 밥을 주넌디 개는 왜 말르구 파리는 왜 꾄댜? 할머니의 말을 납득할 수 없어 고개를 갸우뚱거리는데 엄마는 그런 내가 재밌다는 듯 웃는다.

"그게 옛날버팀 전해져 오넌 말인 겨. 개는 보름날 굶으야 살두 찌구 집안두 파리가 꾀덜 안히서 깨깟혜 진다구."

"그러닝께 니얼은 가이가 쩔쩔 굶게 되능 겨. 하루쥉일 암거두 먹지 뭇허구 굶을라믄 가이가 월매나 심들겠냐? 그러닝께 그 남수 어매가 밥을 양푼이다 퍼준 겨. 니얼은 밥 읎응께 오늘 양껏 먹어라, 그러구 다 뭇 먹으믄 냉겼다가 니얼 또 먹어라, 그렁 겨."

할머니가 거들어 내 궁금증을 마저 풀었다. 그러니까 내일은 대보름이고, 대보름날은 개를 쫄쫄 굶겨야 개도 집안도 좋아진다는 얘기였다. 그것을 '개보름 쇠기'라 하고, 개에게는 대보름날이 명절이 아니라 재앙의 날이라는 것이다. 대보름날이면 개가 굶을 터이니 개보름인 오늘 실컷 먹어 둬야 내일의 주림이 덜 고통스러울 것이라는 얘기다.

"그리두 남수 어매가 인정이 많은 겨. 저더렁집 봐. 그 집 가이는 보름날만 되든 배가 등짝이 붙어 죙일 낑낑대잖어. 펭소이두 가이가 밥 냉기문 아깝다구 밥을 쩨끔 주넌 집안인디 쩔쩔 궁기야 존 거라매 보름날인 아예 물두 안 준다닝께."

한 해 열두 달, 보름달은 열두 번 뜨고 졌다. 태양이 생기를 뿜어내는 하늘이라면 달은 생명을 일으키는 땅이었다. 생명의 대지 위에 열두 번 뜨는 달 가운데 가장 먼저 가장 크게 떠오르는 달이 정월 보름달이었다.

농사를 업으로 이어온 나라, 예전의 정월 대보름은 새해 농사를 시작하는 명절이었다. 농사가 백성의 삶이었고 나라의 근간이었던 그때, 절기상 우수와 경칩 사이에 떠오르는 대보름달 속에는 풍년을 기원하는 의식들이 오롯이 살아 있었다. 삶의 풍요와 건강과 행복을 꿈꾸는 백성들의 기원이 어두운 세상을 쥐불처럼 타오르고 있었다.

그러나 돌아보면 내 추억은 대보름날보다는 개보름날에 더 짙었다. 떠오르는 보름달을 맞아 소원을 빌기 위해 동산을 달리던 일보다는, 개보름날 으스름 달밤에 집집을 돌아다니며 밥을 얻어먹는 일이 더 짜릿했다. 꼬마들 몇몇이 모여 바가지를 들고, 달빛에 싸인 친구네 사립문 앞에서 오래오래 멈칫거리다가 외쳐대던 잠긴 목소리, '아줌니, 밥 은으러 왔유!' 대보름날 동산 위에 불을 지르며 망월을 외치거나 불깡통을 돌리는 신남보다 개보름날 늦은 밤에 남의 집 돌담과 부엌을 넘나드는 동네 총각들의 밥 훔쳐먹기가 더 가슴 떨렸다. 대보름날 어른들이 하던 윷놀이보다는 '내 더위 사가라!' 갑자기 등을 치며 달아나는 친구에게 더위를 사 들고, 나는 누구에게 이 더위를 팔까 궁리하던 기억이 먼저 떠올랐다. 나무 아홉 짐을 해야 아홉 번 밥을 먹을 수 있는 거라며, 아홉 광주리 삼을 삼아야 아홉 번 밥을 먹을 수 있는 거라며 한 해 부지런을 실천하고 강조하던 어른들의 이야기가 더 재미있었다.

내 어린 날의 1970년대는 산업화가 급속도로 진행되고 농촌의 젊은이들이 무작정 서울로 향하던 때였다. '새벽종이 울렸네, 새 아침이 밝았네.' 마을마다 새마을 노래는 울려 퍼졌지만 정작 농촌은 새마을이 아니라, 젊은이들이 다 떠나가는 텅 빈 헌 마을로 변해가던 때였다. 나라는 잘 사는 농촌, 넉넉한 농촌을 떠들었지만 미신타파迷信打破라는 이름으로 이 나라 농업 공동체의 미풍양속을 속절없이 무너뜨리던 그때였다. 그 시절 나는 허물어져 가는 이 나라 공동체의 미풍양속을 의식하지 못하던 어린아이였고, 그래서 민족의 명절 대보름의 의미보다는 개보름날의 흥미진진한 경험들이 먼저 추억되는 것이다.

말은 살아남아 역사가 된다. 말이 살아 있으면 풍습이 사라져도 그 의미가 후대로 전해지는 법이고, 말이 사라지면 풍습도 기억도 사라진다. 충청도 사람들이라면 누구나 사용하던 말 '개보름', 이 말이 사라지면 개보름에 담긴 충청도 사람들의 삶의 모습도 사라진다. 말은 사람의 혼을 담는 그릇이며 문화를 전하는 역사이기 때문이다. 개보름을 이르는 '소망일小望日'이니 '작은보름'이니 하는 표준어는 충청 사람의 문화를 제대로 담아내지 못한다. 그리운 추억, 그러나 돌아보면 지금 그것이 없다. '개보름'이란 말이 이 땅에서 사라져 가고 있다.

깡통에 보리방구

배고픈 시절이 있었다. 허기진 배를 움켜쥐고 태산보다 높은 보릿고개를 넘어가야 하던 시절이 있었다. 어쩌면 호랑이 담배 피던 옛이야기를 꺼내는 것은 아닐까 생각할 수도 있겠다. 그러나 돌아보면 이것은 까마득한 고리짝 얘기가 아니라 이 시대를 살아가는 어른들의 어린 시절 이야기다.

1960년대와 1970년대 초까지만 해도 참 많이 배가 고팠다. 개구리가 논두렁에 알을 쏟는 경칩이나 강남서 제비가 돌아오는 삼짇날이 돌아오면 여자들은 온통 호미며 창칼을 들고 들로 나섰다. 나싱갱이냉이를 캔다, 쑥을 뜯는다, 달랭이달래며, 씀바구며 미나리를 뜯어오곤 했다. 그리곤 산에 올랐다. 돋아나는 고사리며 취나물이며 싸리순, 흩잎나물 따위를 따오느라 마른 봄판에 먼지가 일었다. 보리가 익을 때까지는 먹을거리가 넉넉지 못했다. 아이들은 삘기를 뽑아 먹었다. 찔레순을 따먹거나 더러는 지랑풀^{수크령}을 뽑아 씹기도 했다. 셔터진 성^싱아이라도 한 움큼 꺾으면 참 푸짐했다. 보리 타작이 이루어지는 7월까지는 한없는 배고픔이 이어졌다.

그 긴 봄날의 보릿고개를 넘던 시절, 우리들은 꽁보리밥만 먹으며 자랐다. 물론 잘 사는 몇몇은 쌀밥도 먹고, 자가용이란 것도 타고 다니긴 했을 터이지만 말이다. 아무튼 그 꽁보리밥이란 게 참 소화가 안 됐다. 된장에 박아두었던 짜디짠 무수짱아찌^{무장아찌}와 묵은지에 밥을 뜨거나, 꼬치장에 보리밥을 썩썩 비벼먹거나 채신없는 방구는 때 없이 나왔다.

깡통에 보리방구 누가 꼈을까?
늬가 꼈다 내가 꼈다 싸우지 말구
도레미파솔라시도 냄새가 난다.

뿌웅!

나는 이 노래를 초등학교에 입학하기도 전에 배웠다. 물론 학교에 가기 전 '핵교 종이 땡땡땡'을 배웠고 '산퇴끼 퇴끼야'를 배웠지만 '깡통에 보리방구'가 더 재미있었다.

"지 밥그륵은 지가 개지구 태나능 겨."

산아제한이 없었다. 집집마다 아이들이 재잘거렸다. 아이들이 엉긴 비좁은 방안에는 아이들만큼이나 방구도 흔했다. 소리 없이 풍겨나는 보리방구, 스멀스멀 방안을 휘돌면 아이들은 코를 움켜 쥐었다. 서로의 얼굴을 살피며 범인을 찾노라면 누군가의 입에서 으레 이 노래가 튀어나왔다. 손가락으로 한 사람, 한 사람을 가리키며

'도·레·미·파·솔·라·시·도, 냄·새·가·난·다. 뿡!'

'너여, 늬가 뀐 거여.'

'뿡!'에 걸린 아이가 사색이 된다. 손사래를 치며 내가 뀌지 않았 노라 극구 변명한다. 당연하다. 여러 아이 가운데 그 아이가 방구를 뀌었을 확률은 낮다. 그렇지만 '뿡' 소리와 함께 아이들은 박장대소 한다. 웃고 떠드는 사이 냄새가 가셔지고, 어딘가에서 방구를 뀐 아 이가 안도의 숨을 내쉰다.

'깡통'은 일제 강점기에 들어온 말이다. '통筒'은 물건을 담는 작 은 그릇을 뜻하는 한자말이고, '깡'은 일본을 통해 들어온 말이다. '통'을 일본에서는 '칸 かん/罐'이라 하고, 영어권에서는 '캔 can'이라 한다. 예전에 사람들은 '통조림'을 흔히 '간쓰메'라고 했다. 이 말은 일본어 '칸투메 かんづめ'에서 온 말인데, 일제시대에 '깡통'이란 말이 생겨난 것으로 보면 일본말 '칸'에 '통'이 붙어서 된 말인 듯싶다. 또 해방 이후 '깡통'이 전국적으로 확산된 것을 생각하면 영어 '캔' 에 '통'이 붙어서 된 말인 듯도 싶다. 아무튼 '깡'의 근원이 일본어 에 있든 영어에 있든 질곡의 우리 역사와 관련이 있다.

'방구'는 '방귀'의 충청도 말이다. '방구'도 원래는 '방귀'였는데 서울말과는 발음에서 차이가 있었다. 서울 지방에서는 이를 [방귀]라고 말했지만, 충청도에서는 [방구이]라고 말했다. 'ㅟ'가 이중모음이기 때문이다. 그런데 '방구이'는 발음하기에 불편해서 충청도 사람들은 이중모음 'ㅟ'에서 'ㅣ'를 떼어냈다. 그래서 서울 사람들이 '몽둥이를 휘두를' 때 충청도 사람들은 '몽딩이를 후둘른다'. 서울 사람들이 '위인전'을 읽을 때 충청도 사람들은 '우인전'을 읽고, 서울 사람들이 '위험에 처할 때' 충청도 사람들은 '우험에 처헌다'. 서울 사람들이 '국수'를 먹을 때 경상도 사람들이 '국시'를 먹는 것처럼, 서울 사람들이 '방귀를 뀔' 때 충청도 사람들은 '방구를 끼는' 것이다.

한 지방의 언어와 동요엔 그 지방 사람들의 삶의 모습이 담기고 그 시대의 모습이 담긴다. 너나없이 보리방구를 뀌던 시절, '깡통에 보리방구'는 힘들게 살아가던 시절을 소화해 가던 노래였다. 1970년대 중반을 지나면서 충청도의 산골에도 쌀밥 먹는 집들이 늘어 갔다. 그러니 그 흔하던 보리방구도 사라지고, 아이들의 보리방구 노래도 소리 없이 사라져갔다.

호롱개와 와룽개

　　　　　　　　　　참 오랜만에 대학 친구 넷이
모였다. 예산과 서산, 공주, 대전에서 자란 친구들, 대학 시절 한 놈
만 빼곤 다 촌놈 소릴 들었다. 오랜만에 만나 추억을 더듬다가 벼바
심 이야기가 나왔다.

　"우덜 어렸을 적인 호롱개로 바심을 혔잖어."

　"호롱개?"

　"이, 발루 밟으매 베 터넌 기계 있잖어."

　"이? 그걸 예산이선 호롱개라구 혔나? 스산 우리 동네선 '와룽
개'라구 혔넌디?"

　"그려, 우리 동네 계룡서넌 '와룽기'라구 혔어."

이야기를 나누다 보니 어렸을 적 베바심이나 보리바심을 하던 기계 이름들이 주욱 떠오른다. 어렸을 적 바심하는 날이면 아버지는 마당에 널따란 멍석을 잇대어 깔아 놓고, 멍석자락에 호롱개를 설치했다. 호롱개 앞에는 비닐이나 거적을 둘러쳐 놓고, 아버지와 어머니는 기계를 돌리며 바심을 했다. 발로는 발판을 굴러 톱니같이 뾰족한 쇠붙이가 가득 붙어있는 원통을 돌리고, 손으론 한 움큼씩 곡식의 줄기를 원통의 쇠붙이에 대었다. 줄기에서 떨어져 나간 곡식 낟알들이 멍석 밖으로 튀어나가다가 빙 둘러친 거적을 때리곤 바닥에 떨어지고, 우리는 곡식토매를 기계 옆으로 옮겨 쌓아주느라 가을날이 바쁘게 달려갔다.

그때 아버지는 그 기계를 '왈구랑'이라고 불렀다. 왈구랑왈구랑 하며 돌아가니 왈구랑이라는 것이었다. 나는 그 이름이 신기하기도 하고 재미있어 늘 '왈구랑'이라 불렀다. 어떤 이는 호롱호롱 하며 돌아가니 호롱기나 호롱개라 하고, 또 어떤 이는 와룽개나 와룽기라 했다. 또 어떤 이는 개롱개롱 하니 개롱개라고도 했다. 이름이 참 많은 기계였다. 그러나 어떤 말로 하던지 장애 없이 서로 소통이 되었고, 나는 서로 다른 여러 이름이 어떻게 저리 자연스럽게 섞여 쓰일까에 대해 관심이 없었다.

바심의 전통적 방식은 자리개를 이용하거나 홀테를 이용하는 것이었다. 일제 강점기까지 이어져 오던 주된 방식은 커다란 통나무나 절구통을 모당^{받침목}으로 받쳐두고, 자리개라는 질긴 줄을 이용하여 벼토매^{볏단}를 감아 어깨 위로 들었다가 메쳐 낟알을 떨구는

'자리개바심' 방식이었다. 더러 작은 규모의 바심에는 '홀테'를 이용했다. 받침목에 단단한 나무 꼬챙이나 쇠꼬챙이를 촘촘하게 박아놓은 홀테에 한 주먹씩 볏목을 끼워 넣어 잡아당겨 낟알을 떨어뜨리는 바심이 '홀테바심'이다. 이런 방식은 사람의 힘을 이용한 단순한 것으로 시간과 품이 많이 드는 것이었다. 이 자리개와 홀테바심은 일제 강점기 후반부터 해방 이후에 보급되기 시작한 수동식 회전탈곡기에 의해 혁신적으로 개선된다. 비록 사람의 힘으로 기계를 회전시키는 것이었지만, 이전의 방식에 비해 효율이 대단히 컸기 때문에 회전탈곡기는 짧은 기간 전국으로 보급되었다.

그런데 이 수동식 회전탈곡기의 이름이 분명하지 않았다. 보통은 회전기나 탈곡라 해야 할 것이지만, 전국의 대다수 사람들은 쉽게 '호롱기'라 하거나 '호롱개'라 했다. 탈곡기의 발판을 구르면 '호롱호롱' 소리를 내며 돌아간 까닭인 듯싶다. 또는 듣는 사람들에 따라 기계 돌아가는 소리도 달라 누구 귀에는 '와룽와룽' 들리고, 누군가의 귀에는 '개룽개룽', '왈구랑왈구랑' 하고 들렸다. 그 이름이 통일되지 않아 편한 대로 누구는 '와룽개'라 하고 '개룽개'라 하고 누구는 '왈구랑'이라 불렀다.

대체로 사물에 이름을 붙일 경우에는 우리말이나 한자말을 이용한다. '호롱개'나 '호롱기'의 차이도 우리말과 한자말의 차이다. 우리말 '-개'는 '-그러한 것'을 뜻하는 접사로 사물에 이름을 붙일 때 쓰는 말이다. 지저분한 것을 지우는 것이면 '지우개'가 되고, 등을 긁는 것이면 '긁개', 실로 뜨는 것이면 '뜨개'라고 하는 것과 같다.

'기機'는 바람을 일으키는 기계를 '풍성기, 선풍기', 날아다니는 기계를 '비행기'라고 하듯이 도구나 기계를 뜻하는 한자말 접사다.

보통 사람들은 사물에 새 이름을 붙일 때 우리말을 이용하여 이름을 짓는다. 따라서 수동식 회전탈곡기도 초창기엔 대부분 '호롱개, 와롱개'라 했을 것이다. 그것이 식자識者들에 의해 소리와 뜻이 비슷한 한자말 '기機'가 끼어들어 '호롱기, 와롱기'라 부르는 사람들이 생겨났을 것이다.

지금 국어사전을 찾아보면 '호롱기'는 '탈곡기'의 방언으로 간단히 기록되어 있다. 이것은 '호롱기'라는 말이 충청도에서만 쓰인 말이 아니라 온 나라에서 쓰인 전국적 방언임을 말해주는 것이다. 그런데 우리말로만 이루어진 이름 '호롱개'와 '와롱개'는 찾을 수 없다. 당연히 '왈구랑'도 '개롱개'도 없다. 가장 많은 백성들이 쓰고 아끼던 이름 '호롱개, 와롱개'가 어디로 갔는지 보이지 않는다.

1970년대 중반에 이르러 전동식 회전탈곡기가 빠르게 보급되었다. 이제 수동식 탈곡기인 '호롱개'는 벼바심에서 콩바심으로 밀려나고, 1980년대에 이르러선 헛간에 처박혀 갔다. 헛간 속에서 녹이 슬던 호롱개들이 치워져 버린 1990년대엔 전동식 탈곡기 대신 콤바인이 논밭을 누비기 시작했다. 세상은 참 빠르게 변해 갔고, 그 빠른 변화의 속도를 거슬러 나는 옛 친구들과 1970년대의 이야기를 나눈다. '호롱개'와 '와롱개', '왈구랑' 소리가 들마당 가득 채우던 지난날을 생각한다.

말래와 마누라

"할무니, 이더러인 말래가 있넌디 우리집인 왜 말래가 읎능 규?"
"이이, 그 집인 말래가 있지먼 우리 집인 토방이 있잖어."

우리 집에는 말래가 없었다. 물론 우리 집만 그런 것은 아니다. 산골의 시골집들이란 게 으레 말래는 없고 토방만 있기 마련이다.

위채와 아래채로 나누어진 우리 집은 말 그대로 아래채는 낮고 위채는 높았다. 뒷산을 깎아 지은 집이라 높낮이 터울이 컸고, 아래채와 위채 사이에는 큼지막한 댓돌이 두세 개 계단을 이루고 있었다. 그 댓돌을 오르면 안방과 웃방이 나란히 붙어 있고 옆으로는 사랑방이 있었다. 그 방들 앞으로 토방이 자그맣게 방과 방을 잇고 있었다. 조그만 자리때기를 깔면 두세 사람이 겨우 등지고 앉을 만한 크기의 토방, 그 토방과 안마당을 오르내리며 나는 자랐다.

그러나 무진장 더운 여름에는 말래가 있는 이웃이 부러웠다. 높직한 말래 위에서 모시적삼의 이웃 할아버지가 목침을 베고 낮잠 자는 광경을 보면 그렇게 시원해 보였다. 널찍한 대청말래는 아니더라도 바람이 몰려드는 말래 위에서 나도 그렇게 눕고 딩굴어 보고 싶었다.

'말래'는 '마루'의 방언이다. '마루'에 '-한 것'을 뜻하는 접사 '-애'가 붙어서 '마루애→말래'가 된 것이다. '말래'는 본래 '하늘의 별'을 뜻하던 말이라 한다. 그래서 옛날에는 '아주 높은 것, 높은 사람, 높은 집'을 뜻하는 말로 쓰였다. 이 '말래'를 뜻하는 한자에는 '종宗'이 있고, '청廳'이 있다.

'종宗'은 '아주 높은 것이나, 사물의 가장 높은 꼭대기'를 뜻하는 한자말이다. 학문 가운데 가장 높은 가르침을 '종교宗教'라 하고, 산의 가장 높은 곳을 '산마루'라 하며, 언덕의 가장 높은 곳은 '언덕마루'가 되었다. 충청도에서는 가장 높은 곳을 가리킬 때는 '말래'라 하지 않고 '마루'에 접사 '-앵이'를 붙여 '말랭이'라 했다. 그래서 '산마루'는 '산말랭이'가 되고, '언덕마루'는 '어덕말랭이'가 되었다.

'청廳'은 큰 집을 가리키는 한자말이다. 지금도 큰 집을 '청廳'이라 한다. 일반 주택이나 면사무소는 큰 집이 아니어서 '청'이 못 되고, 시군市郡 이상의 행정기관에 '청'을 붙여 쓴다. 군청이 그러하고 도청이 그러하니, 쉽게 풀어내면 군청은 '군말래'요, 도청은 '도말래'가 되는 것이다.

'마누라'도 '말래, 마루'에서 생긴 말이다. 조선시대엔 '말래'나 '마루'를 한자로 '말루抹樓'라 썼다. 본래 '마루, 말래'는 우리말인데, 속없이 한자 쓰기를 좋아하는 옛 양반들은 뜻과 소리가 비슷한 한자를 붙여 '抹樓말루'라 쓰고 그리 말했다. 이 '말루'에 '아주 큰 집에 사는 주인'을 뜻하는 한자말 접사 '하下'를 붙이면 '말루하抹樓下'가 되었다. 이 '말루하'가 지금의 '마누라'가 된 것이다.

예로부터 중국과 우리나라에서는 높은 사람을 가리킬 때 '큰집을 나타내는 말'에 '하下'를 붙여 썼다. 그래서 황제나 천자는 '폐하陛下'가 되었고, 제후나 작은 나라의 왕은 '전하殿下'가 되었다. 우리나라의 경우 고려 중기까지는 '폐하'라 썼지만 국력이 약해진 뒤로 '전하'라 칭하게 되었다. 이 전하殿下를 다른 말로 '말루하抹樓下'라 했다. 이는 왕이나 왕세자, 왕후를 높여 칭할 때 쓰던 말이었다. 이 말루하가 후대로 내려오면서 궁중에서 사라지고, 한 집안의 안주인을 높여 부르는 말로 살아남았다. 지금이야 멋도 모르고 '마누라' 구박하는 사내들이 많다지만, 집안에 마누라 없이야 어디 마음 기대고 살 곳이 있겠는가?

날씨가 참 덥다. 나처럼 몸이 비쩍 마르면 땀도 덜 흘리고 더위도 덜 탄다는데, 실은 사람마다 다른가 보다. 등마루에 빗물처럼 무더위가 흐르고, 책상머리에 앉으면 찌는 어지럼증이 흩날리는 날이다. 8월의 마지막 휴가철, 이 무더위 피할 묘책 하나 없을까? 높다란 '말래'에 누워 낮잠이나 즐겨볼까? 귀하고 높으신 '마누라' 뫼시고 물가에나 나가 볼까?

돼지감자와 뚱딴지

돼지감자가 지천이다. 예전에는 산간 밭둑에서나 볼 수 있던 것이 지금은 산과 들, 집 근처에도 널려 있다.

어느 늦가을 저녁, 돼지감자를 들고 온 사람이 있었다. 이웃집 남수 성이었다. 바가지에 울퉁불퉁 돼지감자를 담아 와서는 먹어보라고 했다.

남수 성네 울타리는 돌덤불이었다. 땅이 없어 농사를 못 짓던 시절, 논둑이든 밭둑이든 꼬챙이 들어갈 자리만 있으면 곡식을 심던 시절이었다. 다랭이 좁은 논두렁마다 검정콩을 심고, 밭둑 가생이마다엔 들깨 모들이 자라 올랐다. 돼지감자는 심어보았자 먹을 것이 못 되었다. 감자나 고구마처럼 주렁주렁 수확이 매달리지 않으니 거들떠보지 않았다. 그러니 돼지감자가 자랄 곳은 돌덤불 밖에 없었다.

돌덤불 속에서도 돼지감자는 무성하게 자라 올랐다. 신경 써 가꾸지 않아도 한 길씩 줄기를 세우고 노란 꽃을 피웠다. 가을이면 남수 성네는 돼지감자를 캤다. 그것도 주전부리라고 배고픈 아이들이 옹송거렸다.

"맛은 읎지먼 잡숴봐유."

바가지를 쏟고 돌아서는 남수 성에게 엄니는 함빡 고마움을 전했다.

"뭘 이런 걸. 고마워, 잘 먹겠다고 전해 줘."

바가지에 들린 돼지감자가 방안으로 들여졌다. 우리 집 누나들이 달려들었다.

"아버지, 이거 먹어두 되쥬?"

"돼지나 먹넌 걸 누가 먹넌다구 그려?"

누나가 창칼을 들고 들어서는데 할머니는 괜시리 통을 놓고 돌아앉았다.

"먹어봐. 배고플 땐 선허니 먹을 만혀."

아버지가 허허 웃고는 방을 나갔다. 나는 누나들의 뒷전에서 얼쩡거리다가, 돼지나 먹는 감자라는 할머니 말에 입맛이 가셨다. 방문을 나서는 내 등 뒤로 누나들의 말소리가 따라나섰다.

"어? 생각버덤 맛있넌디?"

226

"그려. 째끄만 게 먹을 건 읎넌디, 맛은 괜찮네."

그 돼지감자의 표준말이 뚱딴지라는 것은 중학교에 가서야 알았다.

"돼지감자는 수확이 적어서 심어 먹는 작물은 아니지만 영양가는 많은 식물이야. 그리고 서울 가서는 돼지감자라고 하면 촌놈이 되니까 꼭 뚱딴지라고 해야 돼."

충청도에서는 돼지나 먹는 감자라고 해서 돼지감자라 부르지만, 서울에서는 울퉁불퉁 못 생겨서 뚱딴지라 부른다며 농업 선생님은 '흐흐' 웃었다.

나는 돼지감자든 뚱딴지든 관심이 없었다. 선생님의 목소리가 귓가로 흐르는 동안 세월도 흐르고 세상이 달라졌다. 아무도 들떠보지 않던 돼지감자가 논둑을 넘고 밭둑을 넘기 시작했다. 심어봤자 소출도 없던 돼지감자가 건강식으로 대접받는 세상이 되었다.

고덕에 사는 장모님은 집 앞 수로 둑에 돼지감자를 키웠다. 여름이면 작은 해바라기들이 수로 둑을 노랗게 수놓았다. 장모님은 가을철마다 채를 썰어 말린 돼지감자를 봉지에 담아 보냈다. '이눌린'이라는 물질이 천연 인슐린으로 당뇨에 좋고, 먹어도 살이 찌지 않는 것이라 보리차처럼 끓여 먹으라는 배려였다.

이런 까닭에 나는 지금도 돼지감자 끓인 물을 마신다. 그렇지만 비쩍 마른 나는 마셔도 아무런 표가 나지 않는다. 내가 관심이 있는 것은 사실 돼지감자가 몸에 좋다는 것이 아니라, 이놈의 돼지감자는 왜 하필 표준말이 '뚱딴지'일까? 이런 것이다.

'뚱딴지'는 '뚱'에 '단지'가 붙어 된 말이다. 사전을 찾아보면 '뚱딴지'와 비슷한 말로 '뚱보'가 나온다. 본래 '뚱뚱한 사람, 또는 우둔한 사람'을 가리키던 말이다. 충청도 어르신들이,

"뚱딴지같은 소리 허덜 말어."

하는 것은 '돼지감자 같은 소리 하지 마라.'는 뜻이 아니라 '이치에 맞지 않는, 모자란 소리 하지 마라.'는 뜻이 된다.

'단지'는 보통 '조그만 항아리'를 뜻하는 말인데, '작은 항아리 모양으로 뭉쳐진 덩어리'를 뜻하는 말이기도 하다. '애물단지, 요물단지' 따위의 말이 '덩어리'의 뜻으로 쓰인 것이다.

돼지감자는 조선시대 후기에 들어온 외래식물이다. 당시엔 이름이 없어서 한자로는 '국우菊芋, 국화 같은 꽃을 피우는 토란'라 했고, 백성들은 감자와 같이 생겼지만 재배할 만한 감자는 못 된다는 뜻으로 '돼지감자'나 '뚝감자북한문화어, 뚝섶이에서 자라는 감자'라 불렀던 것 같다. 이것이 근세기에 들어오면서 '뚱뚱하고 못 생긴 덩이줄기'란 뜻으로 '뚱딴지'란 이름이 붙여진 듯하다.

아무튼 세상 사람들이 다 쓰는 '돼지감자'는 전국 사투리가 되고, 몇몇 서울 사람들이 쓰던 '뚱딴지'가 국어사전에 오른 것은 참 뚱딴지같은 일이다. 그것을 아는 현명한 우리 백성들은 뚱딴지란 말을 쓰지 않는다. 뚱딴지보다 돼지감자가 더 자연스럽기 때문이다. 우리말의 주인은 서울 사람들이 아니라 그 말을 쓰는 모든 이들이다. 세상은 돼지감자란 말로 넘쳐나고, 돼지감자는 지금 우리의 건강을 지켜주는 작물이 되어가고 있다. 그런 만큼 머지않아 돼지감자

는 새 표준어가 되어 국어사전에 오를 것이다. 그날을 생각하며 나는 올가을 돼지감자를 캘 것이다. 찬물에 썩썩 씻어 시원한 그 맛을 돼지처럼 즐길 것이다.

충청도 순배기

나이 지긋한 어른들을 찾아다
닌다. 아니 충청도 말을 찾아다닌다. 오가다 어르신들을 만나면 충
청도 사투리가 나온다. 아이들을 만나면 일부러 말하려 해도 나오
지 않던 사투리들이 자연스럽게 튀어나온다. 나는 어르신들에게
옛날얘기를 해달라고 조른다. 먼먼 어릴 적 얘기, 할아버지들은 꼴
베고 나무하던 청춘으로 돌아가고, 할머니들은 소꿉놀이와 가마
타고 시집가던 수줍음으로 돌아간다. 지금 사는 세상엔 사투리가
끼어들 자리가 없는데, 옛이야기 속에는 추억처럼 사투리들이 붉
게붉게 꽃을 피운다.

"엄니, 그 냥반은 오떤 냥반였유?"

"이, 저더러 살었넌디, 차암 순배기였어."

엊그제는 어머니의 옛날얘기 속에서 '순배기'를 만났다. 순배기, 참 오랜만에 들어보는 친근함이다. 그리고 보니 어릴 적 나도 순배기였다. 통 독하질 못했다. 구슬치기를 하면 홀딱 빨리고, 딱지치기를 해도 홀딱 빨렸다. 친구들이 건드리면 움츠리다가는 끝내 울었다. 크게 울지도 못하고 눈물만 흘렸다. 할머니는 내 눈물을 닦아주며 그랬다.

"넌 왜 맨날 얼굴이다 함진애비를 그시구 댕기냐?"

때 묻은 손으로 닦은 눈물은 늘 얼굴에 땟국물을 남겼다. 그래서 할머니에게 내 얼굴은 늘 함진애비였다.

"쑥맥같이 왜 맨날 은어터지기만 허는 겨?"

누나들에게 나는 콩, 보리도 구분 못하는 안쓰런 동생이었다.

늦은 밤, 컴퓨터를 켜고 순배기를 찾는다. 다음과 네이버 검색기를 꼼꼼히 들여다본다. 블로그를 여행하고, 카페를 들락거린다. 새벽이 찾아와 머릿속을 하얗게 밝힐 때까지 순배기가 보이지 않는다. 늘 그렇다. 인터넷은 젊은이들의 세상이다. 끝없이 펼쳐진 정보의 바닷속에 어르신들의 추억은 없다. 그곳에는 지역 사투리들이 넘쳐나지만, 정작 그 옛날의 충청도 사투리는 보이지 않는다. 내 충청의 조상들이 쓰던 말들은 서울말에 얻어터지고 쑥맥처럼 울다가 얼굴에 함진애비를 그신지 이미 오래다.

너무 오래 쏘댕겼나 보다. 다리도 아프고 숨이 차온다. 나는 순배기 찾기를 뒤로 미루고 국어사전을 베고 눕는다. 머리맡에는 순배기

대신 '-배기'가 거목처럼 그늘을 드리우고 있다. '-배기, 그런 성질이 있는 사람이나 사물'. 사전 속에서 설명의 햇살 하나가 번져 나온다. 나이배기는 나이를 많이 먹은 사람, 열 살배기는 열 살을 먹은 아이라고 말한다.

나는 '-배기'의 그늘 속에 누워 서울의 배기가 아닌 충청도의 배기를 끄집어낸다. '-배기'는 서울보다 충청도에서 다양하게 쓰이는 말이다. 새벽의 그림자가 아침 햇살로 차오를 때까지 나는 충청도의 배기를 포기하지 않는다.

'구들배기, 그래 방고래 위에 얹는 구들을 그리 말했지. 귀빰은 구퉁배기라 했지. 나중에 귀퉁배기로 바뀌었군. 서울말 귀는 충청도에 와 귓배기가 돼. 콧배기도 있었군. 이건 서울도 같아. 요즘은 코빼기라 쓰는군. 동냥배기, 동네방네 찾아다니며 빌어먹는 사람이야. 디퉁배기, 행동이 신중하지 못하고 데퉁맞은 사람이지. 서짤배기, 말더듬이야. 혀가 짧으면 ㄹ, ㅅ, ㅈ 따위를 ㄷ으로 발음하게 되지. 소갈배기, 속에 들어있는 알맹이니까 속마음이군. 승질배기는 성질머리, 싸갈배기는 싹수머리, 어덕배기는 언덕배기, 엇난 사람 엇배기, 어리숙한 으립배기, 응석 부리는 응석배기, 듣기 싫은 잔솔배기, 머리 꼭대기 정수배기, 정신 차려야지 정신배기, 지랄 맞은 지랄배기, 쩔뚝쩔뚝 쩔뚝배기, 조심하자 턱중배기.'

그 가운데 순배기, 순배기는 순함으로 가득 찬 사람이다. 눈치가 느리고, 손해를 보고도 웃으며 참아내는 쑥맥이다. 그래서 더 안쓰러움을 자아내는 순배기, 그 순배기를 찾다가 옆에서 깔깔대고 있는 순딩이를 만났다. 순딩이의 서울말은 순둥이다. 어른들에게 말 시피지 않고 순하게 자라나는 어린아이를 일컫는 말이다. 예전 우리 충청도에는 순배기와 순딩이가 함께 살았다. 순배기가 안마당을 아장거리고, 순딩이가 바깥마당을 뛰어다녔다. 그때 서울의 순둥이가 나타났다. 서울 순둥이가 온 집안을 휘젓고 다니자 충청도 사람들은 순배기를 감춰버렸다. 서울말 순둥이 닮은 순딩이를 쓰고 순배기를 잊어버렸다.

세상이 각박해지니 순배기들은 대접을 받지 못한다. 예전에도 그러하였거니와 소박하고 진솔한 순배기들은 발 디딜 곳을 잃었다. 누구보다 앞서가야 대접받고, 누구보다 많이 가져야 버틸 것 같은 세상에 행복의 꽃은 피어나지 않는다. 여름 햇살을 견딘 나무가 그늘을 만들고, 눈을 돌려 바라보는 이에게 꽃은 향기를 뿜는다. 충청도 가득 넘쳐나던 순배기들이 서울 순둥이로 둔갑해가는 시절, 나는 오늘 그립다. 함진애비 눈물 머금은 충청도 순배기의 맑은 눈망울!

싸구려와 싸구라

'싸구려'의 충청말은 '싸구라'
다. 충청말의 용언은 양성모음이나 음성모음이 서로 어울리는 모음조화를 잘 지키지 않는다. 그저 쓰고 싶은 대로 편하게 쓴다. '먹고 살려고'라 쓰든 '먹구 살랴구'라 쓰든 상관이 없다. '싸구려'라 쓰든 '싸구랴'라 쓰든 다 똑같이 알아듣는다. 이 둘 가운데 주로 쓰인 말이 '싸구랴'고, 이 '싸구랴'가 발음하기 쉽게 변한 말이 '싸구라'다. '먹구 살랴구'가 '먹구 살라구'로 변한 것과 같은 이치다. 더러 정확한 말을 찾아 쓰길 좋아하는 사람들은 '싸구랴'라 말하기도 하지만, 말하기 편하고 다들 알아들으니 대부분의 충청 사람들은 '싸구라'라 써왔다.

옛 장터에는 물건을 떼다 파는 장사꾼들이 많았다. 한 곳에 가게를 차리고 장사를 하지 못하는 떠돌이 장사꾼들은 장이 서는 곳을 찾아다니며 좌판에 물건을 늘어놓고 팔아야 했다. 그들이 손님들을 끌어모으기 위해 목이 터져라 외쳐댔던 소리가 '싸구려'요 '싸구라'다.

"물건이 쌉니다. 싸구려요, 싸구려."

물론 이렇게 외친 이들은 서울 장거리의 장사꾼이다. 충청도의 장거리에선 당연히,

"싸구라유. 싸구라. 말만 잘 허믄 거저 주넌 싸구라. 얼굴이 이뻐도 거저, 못 생겨도 거저."

하루 벌어 하루 먹고 사는 드팀전 장사꾼이 말 잘 한다고 얼굴이 예쁘다고 공짜로 물건을 안겨줄 리는 없지만, 지나는 손들이 귀가 번쩍 뜨이고 뒤룩뒤룩 눈알을 굴리며 달려들게 하는 데는 공짜 만한 것이 없을 터.

이때 '싸구려, 싸구라'는 '물건의 값어치에 비해 싼 물건'을 가리키는 말이다. 좋은 물건을 다른 곳보다 싸게 살 수 있는 기회니 귀담아 들을 만한 말이다. 그런데 장사꾼들이 늘 좋은 물건을 싸게만 판 것이 아니라, 싸구려를 빙자하여 손을 속이는 일이 적지 않았던가 보다. 싼듯하여 샀으나 나중에 보면 질이 떨어지는 물건도 적지 않았으니, 예나 지금이나 '싸구려' 하면 싼 대신 질이 떨어지는 물건을 가리키게 되었다.

지난 가을이다. 아내가 아침 일찍 집을 나선다. 아울렛이라나 뭐

라나. 예산에서 홍성 쪽으로 가다보면 응봉 어귀에 의류할인매장
이 있단다. 거기서 새 옷을 잔뜩 들여다 놓고 사흘 동안 대폭 할인
판매를 시작한단다. 오늘이 첫날인데 일찍 가야 좋은 옷을 고를 수
있다며 아내는 서둘러 떠났다.

그렇게 떠난 아내는 점심 무렵, 옷 다섯 벌을 사 들고 돌아왔다.
모두 2만 원에 샀단다. 그중 하나를 꺼내 나에게 입어보라 한다. 겨
울 점퍼다. 이제 곧 겨울인데 내게 맞을 것 같아 사 왔다고 한다. 매
장문이 열리자마자 들어갔는데 하자품을 파는 곳을 살펴보니 좋은
점퍼가 있었다고 너스레를 떤다. 메이커인데 반품된 하자품이라며
2천 원에 판다고 해서 날름 집어 들었다고도 했다.

겉보기도 괜찮고 입어보니 그럴듯했다. 세상에, 2만 원도 아니고
2천 원짜리 메이커라니. 벗어놓고 아내와 나는 어디에 하자가 있는
가를 꼼꼼히 살펴보았다. 겉에는 아무런 흠이 보이지 않았다. 안쪽
을 하나하나 더듬어 가다보니 아하, 안 호주머니에 문제가 있었다.
점퍼에는 지갑 같은 것을 넣을 수 있도록 양쪽에 호주머니가 달려
있었는데 오른쪽 호주머니가 쓸모없게 되었다. 재봉질 두 줄이 거
칠게 호주머니 입구를 가로질렀다.

"흥, 호랑 하나야 안 쓰믄 그만이구. 이거 우리 횡재헌 거여. 그
치?"

아내의 목소리가 밝았다. 그렇게 그 옷을 입고 나는 이번 겨울을
밝게 날 수 있었다. 누군가들이 내 점퍼 호주머니를 탓하며 '싸구
라'라 말하지 않았고, 나도 가려진 하자를 굳이 드러내지 않았다.

살아가다 보면 남들보다 앞서고 싶을 때가 있다. 높은 산도 올라가 볼 일이다. 하늘을 보며 별을 따는 일도 해볼 만한 일이다. 그러나 높은 가지 끝에 매달린 홍시가 땅에서 먼 법이다. 높이 올라갈수록 장대가 닿기 어렵고, 그만큼 사람과 소통이 멀어진다. 딛고 있는 바닥을 잊고 장대만 높인다면 더욱 위험한 일이다. 아래를 살피지 않고 높이 오르는 일은 근본을 잃고 하늘을 떠다니는 스모그처럼 자신을 흩트리고 세상을 오염시키는 일이 될 것이다.

더러는 처음부터 잘못 만들어진 물건이 있고, 그럴듯해 보이는 새 물건도 쓰는 가운데 헤어지고 깨어진다. 돌아보면 세상에는 하자 없는 물건이 없다. 그래서 사람들은 그 흠들을 가리기 위해 새로 칠을 하기도 한다. 깨끗이 손질하고 매만져 다시 쓰기도 한다. 그러는 동안 정이 들어 추억 깃든 소중한 물건이 되기도 하고, 더러는 쓸모를 다해 버려지기도 한다.

우리네 삶도 대략 이러하다. 더러는 몸이 불편하고, 더러는 생활이 곤궁하고, 더러는 마음이 가난하다. 세상에는 흠 없는 사람이 없다. 이리 생각하면 우리네 삶은 꼭 흠 많은 싸구려 인생인 듯싶지만, 정작 사람들에게 싸구려 인생은 없다. 불편한 대로 곤궁한 대로 심약한 대로 모두 소중한 인생들이다. 굳이 싸구려가 있다면 그것은 흠이 있는 인생이 아니라 흠을 만들어가며 사는 인생이겠다. 어렵고 힘든 사람을 아래로 보는 것은 자신의 삶을 싸구려로 만드는 지름길이겠다. 어렵고 힘들다고 자신을 굽히는 것도 싸구려겠다.

흠 없고 힘들지 않은 삶이 어디 있겠느냐? 그래서 우리는 더러워진 옷을 빨아 입듯 흠을 지우려 애쓰고, 얼굴과 몸매를 치장하듯 흠을 가리며 살아가지 않느냐? 서로의 흠을 가려주고, 서로의 흠을 어루만져주며 살아가지 않느냐? 겉에 드러나는 번쩍임보다 소중한 것이 보이지 않는 우리네 속인 것을. 비싼 척 머리 쳐들기보다는 사람을 싸게 보지 않는, 낮게 펼쳐진 세상을 가깝고 무겁게 받드는 일을 생각해 볼 일이다.

시겹살에 부루쌈

마트에 들러 삼겹살 600그램을
샀다. 참으로 오랜만이다. 내 손으로 삼겹살을 사본 적이 언제였던
가. 사본 적이 있긴 한데 그게 언제였는지 기억나지 않는다.

나는 살코기를 좋아했다. 건건이가 귀했던 어린 시절, 내가 돼지
고기를 먹을 수 있는 날은 동네에 산제사가 있던 날이었다. 산제사
는 음력 시월 열나흗날 밤에 지냈고, 공교롭게도 그날은 내 생일이
었다. 나는 산제사를 지내던 시각에 태어났다고 한다. 그날이 오면
동네에서는 돼지를 잡았다. 일부는 떼어 산제사에 썼고, 나머지는
동네 사람들이 나눠 먹었다. 한 집에 두세 근씩 차례가 가는 돼지고
기. 내 생일날 저녁 밥상머리엔 으레 돼지고깃국이 올랐다.

"명절이두 뭇 먹넌 괴길 늬 생일날인 떨어지지 않넌구나."

어릴 적 엄니는 나를 보며 웃었다.

나이가 들면서 고기를 먹는 날이 많아졌다. 고기로 찌개를 끓이고, 불판에 구워 먹는 일도 잦아졌다. 그러나 나는 삼겹살을 좋아하지 않았다. 기름덩이가 허옇게 미끄러지는 삼겹살보다는 붉게 씹히는 살코기가 좋았다. 그러다 보니 남들이 사오는 삼겹살은 먹어도, 내 손으로 사다 먹는 경우는 흔치 않았다.

나는 삼겹살을 싸 먹을 상추도 두어 줌 사들고 나왔다. 아내가 삼겹살을 구우며 상을 차린다. 불판이 상 가운데 놓이고, 상추가 옆에 수북이 놓인다. 노릇노릇하게 구워진 삼겹살을 집어 상추에 올려놓는데 문득 부루라는 말이 떠오른다.

'이건 부룬데 언제부터 상추가 됐을까? 왜 이렇게 부루라는 이름이 낯설까?'

초등학교에 다니던 시절 충청도의 어른들은 상추를 부루라고 불렀다.

'부루는 사투리여. 표준말은 상추라닝께.'

어엿한 초등학생인 나는 표준말을 익히려고 애썼다. 친구들도 그러했다. 그러다 보니 한 밥상에 마주 앉아서도 어른들은 부루쌈을 싸먹고 아이들은 상추쌈을 싸먹는 일이 생겼다. 나는 부루 대신 상추를 써보려고 애썼다. 드디어 중학교에 들어갈 즈음에는 상추가 입에 배었다.

중학교에 들어가니 '농업' 과목이 있었다. 농업 교과서 속엔 농작물에 대한 이야기가 가득했다. 거기서 나는 부루의 표준말이 '상추'가 아니라 '상치'라는 것을 알았다. 아아, 몇 년 동안 상추를 표준말로 알고 이제 상추를 입에 달고 다닐 수 있게 되었는데⋯. 허망했다. 그러나 다시 시작했다. 잘못 알고 있던 상추를 버리고 상치를 익히려고 무던히 속을 끓였다. 그리하여 고등학교에 들어갈 때엔 상치를 충분히 익혔다. 다른 친구들이 모두 상추라 말해도 나는 굳세게 상치라 말할 수 있게 되었다.

세월이 여러 번 바뀌었다. 나는 대학을 졸업하고 고향에 돌아와 아이들에게 국어 과목을 가르치는 사람이 되었다. 세상은 참 많이 변했고, 가장 많이 변한 것은 아이들의 말이었다. 아이들의 입에서는 표준말들이 자연스럽게 흘러나왔고 충청도 사투리를 듣는 일이 귀해졌다. 그런데 어찌 된 일인지 아이들은 상추를 고집했다. 상추는 사투리고 상치가 표준말이라 알려주면,

"상추가 표준말이에요. 서울서도 다 상추라고 말하는데요?"

내가 국어사전을 들이대며 알려주면,

"거참, 이상하네. 상추가 표준말이 아니라니?"

아이들의 반응이 참 답답했다. 그럴수록 나는 지난날의 내 경험을 끄집어내며 상추가 표준말이 아니란 것을 열심히 가르쳤다.

그러던 1988년 2월의 어느 날, 갑작스레 표준어 규정이 바뀌어 버렸다. 엄밀히 말하면 표준어 규정이 바뀐 것이 아니다. 사람들이 쓰지 않는 일부 단어들이 표준어에서 탈락되고, 많이 쓰는 단어들이 새 표준어로 등재된 것이다. 표준어로 바뀐 것 가운데에는 '상

추'가 있었다. 그전까지는 '상치'가 표준어였는데, 더 많은 사람들이 사용하는 '상추'를 표준어로 바꾼 것이다. 그리고 그해부터 출간된 국어사전에는 '상치'가 있던 자리에 '상추'가 올라갔다.

이럴 수가? 그것은 속 터지는 일이었다. 고향말 부루를 버리고 상추도 버리고 남들 눈치를 버텨내며 익힌 상치였는데.

나는 아내가 구워온 삼겹살을 상추에 쌈 싸 먹으며 지난 기억을 그려냈다. 그리고 보니 삼겹살도 충청말이 아니다. 내 어릴 적의 기억 속엔 삼겹살이 존재하지 않는다. 그것은 시겹살이었고, 표준말이 세상을 뒤덮는 사이에 살그머니 삼겹살로 둔갑한 것이다.

나는 예전이나 지금이나 충청도 사투리를 쓰며 살아간다. 아이들에게 표준말을 가르치거나, 격식을 차려야 하는 공식적인 자리가 아니라면 굳이 표준말을 쓰려 하지 않는다. 그런데 나는 그 시절 왜 그토록 '상치'를 쓰려고 했던 것일까? 그것을 익히려다 내다버린 '부루'가 이제 와 안타까운 것은 무슨 까닭일까?

호맹이 들고 지심 매기

충청도에서는 '김을 맨다'를 '짐을 맨다'라고 한다. '김'의 옛말은 '기슴'이다. 물론 옛 기록에 보이는 것이니 '기슴'은 서울지방 말일 것이다. 이 '기슴'은 '-슴'의 'ㅅ'이 없어지면서 '기음'이 되었고, 더 줄어들어 지금의 '김'이 되었다. 그래서 근래의 서울 근교에서 농사를 짓던 사람들은 농사철마다 '김'을 매어야 했다.

경기 남쪽의 삼남지방에서는 말을 편리하게 쓴다. 특히 충청지방은 발음하기 쉽도록 구개음화나 모음동화를 이용하고, 긴 낱말은 줄여 쓰는 줄임말이 흔하다. 그런 까닭에 경기말인 '김밥, 김장'이 '짐밥, 짐장'이 된 것처럼, 서울말 '김'도 충청도에 와 '짐'이 되었다.

'김'의 옛말이 '기슴'이었으니, 옛 충청도 사람들은 이 말을 '지슴'이라 했을 것이다. 이 '지슴'이 모음동화로 '지심'이 되고, '지심'에서 'ㅅ'이 떨어지면서 '지음'이 되었다. 이 '지음'이 줄어들어 지금의 '짐'이 된 것이다.

어렸을 적 농사철이면 나는 늘 '짐'을 매는 엄니와 아버지를 보았다. 이우지 아저씨도 아줌니도 밭에 나가 늘 짐을 매곤 했다. 그래서 '김'의 충청도 말은 '짐'이라고 믿으며 컸다. 그런데 우리 집에서 조금 떨어진 곳에 사는 여자 아이는 '짐'을 '지심'이라 했다. 이른 봄철 내가 누나와 함께 호미를 들고 나싱갱이^{냉이}를 캐러 갈 때면, 그 아이는 호맹이를 들고 나싱개를 캐러 갔다. '우리 엄만 호미를 들고 짐 매러 밭이 갔어.'라고 하면 그 친구는 '우리 엄만 호맹일 들고 지심 매러 밧이 갔넌디.'라고 했다.

그때 나는 그 아이가 틀린 말을 쓰고 있다고 생각했다. 그 아이가 '짐'을 잘못 알아 '지심'이라 말하는 것이라 믿었다. '호맹이'는 이우지 할머니들이 호미를 가리킬 때 늘 쓰는 말이어서 '호맹이'가 호미를 가리키는 충청 사투리라는 것을 알고 있었다. 그렇지만 동네에서 '짐을 맨다'를 '지심 맨다'라고 말하는 이는 그 집 식구들밖에 없었다. 나는 당연히 그 집 식구들이 말을 잘못 쓰는 것으로 판단했다. 그런데 참 이상했다. 그 집 식구들이 '짐'을 '지심'이라 잘못 쓰는데도 동네 사람들은 누구도 이의를 달지 않았다.

그 뒤로 30년이 흐르고, 나는 충청말을 조사하고 채록하는 사람이 되었다. 당연히 '김 매다'는 '짐 매다'로 기록했다. 그런데 '김'의 어원을 찾아보고 변화되어온 모습을 살펴보는 동안 분명하게 드러나는 '지심'의 얼굴을 만났다. '지심'은 '짐'의 옛말이었다. 충청도의 옛말인 '지심'이 모습을 바꿔 지금의 '짐'이 된 것이다.

충청지방에서는 밭이나 논에 난 풀을 뽑으러 갈 때도 '짐을 매러 간다.'라고 했다. 이와 같은 뜻으로 '풀을 뽑으러 간다.'거나 '풀을 매러 간다.'라고도 했다. 농번기인 초여름부터 기나긴 여름 내내 우리의 엄니와 아버지는 밭에서 짐을 매었다. 그리고 시간이 더 오래전 우리 충청도의 할머니와 할아버지들은 '짐'을 매는 대신 '지심'을 매었을 것이다.

이제 3월이 지나고 있다. 봄과 함께 푸른 생명들이 땅위로 얼굴을 내밀고 있다. 새 생명들은 곧 산과 들에 노랗고 붉은 웃음을 가득 풀어놓을 것이고, 논과 밭에도 푸른 줄기를 일으킬 것이다.

무채색의 세상이 화려하게 변신하는 봄철, 푸르름들이 논과 밭에 드리워질 때 농부들은 때로 이것을 치워야 한다. 그 생명들의 푸른 옷이 미워서가 아니라, 우리의 삶을 채워줄 작물로 논과 밭을 채워야 하기 때문이다. 이렇게 논밭의 풀로 태어나 붙여진 이름이 '지심'이다. 잡초라 부르는 이 '지심'을 뽑아 내치는 일이 '지심매기'다. 풀을 뽑을 때 이용하는 도구가 '호맹이'다.

올봄엔 호미가 아닌 '호맹이'를 들어보고 싶다. 들판에 돋아나는 '지심'의 얼굴을 보고 싶다. 조심스레 풀들을 몸통을 잡고 조상들의 '지심매기'를 해보고 싶다.

고시레

동네 어른들은 들판에서 참을 먹을 때면 으레 밥을 한술 떠서 뒤로 던졌다. 고시레에! 천렵을 할 때도 부침개를 한쪽 떼어 뒤로 던지고 난 뒤에야 입에 넣었다.

왜 저럴까? 어릴 적 나는 그것이 궁금했다. 어머니의 치맛자락을 잡아당겼다. 어머니는 그냥 웃었다. 할머니는 그냥 그러는 거라고 했다. 어느 분은 부정 타지 말라고 그러는 거라 했다. 안 그러면 토신土神이 화를 낸다고도 했다. 오래전부터 그래 온 거라고도 했다. 그래야 풍년이 드는 것이라고도 했다.

갈철이면 갈떡을 해 먹었다. 멥쌀을 빻아 팥고물로 켜켜이 층을 만들고 시루에 안쳐 익힌 갈떡은 별미였다. 안 해 먹는 집이 더 많았지만, 음력 8~9월은 풍요로운 달이었다. 갈떡을 해 먹는 집마다 이웃에 떡접시를 돌렸다. 내 집에 떡을 하면 며칠을 두고 먹을 수 있었다. 굳은 떡은 다시 쪄 먹곤 했다. 내 집에 떡을 하지 않아도 갈날의 며칠은 이웃에서 떡이 들어왔고, 가을은 주전부리가 풍성한 계절이었다.

아이들이 떼 지어 떡을 먹는 날이 있었다. 가을이면 동네엔 매년 시제를 지내는 집안들이 있었다. 오늘은 누구네 시제時祭다. 시향時후이다. 책보를 집어던지고 산으로 달린다. 아이들은 시제니 시향이니 하는 어려운 말을 척척 안다. 그것은 사람들이 산에 모여 제사를 지내는 것이다. 우리가 당당하게 떡을 얻어먹을 수 있는 날이다. 산 위에 이르면 거긴 이미 적잖은 아이들이 서성이고 있다. 시제가 끝나면 떡을 나눠주었다. 욕심만큼은 아니지만 시루떡 한 덩이씩이 아이들 손에 쥐어졌다. 아이들은 떡을 한쪽 떼어 숲이나 풀섶으로 던졌다.

"고시레! 고시레!"

소리를 지르고는 깔깔거리며 산을 내려왔다.

'고시레'라는 말이 언제부터 쓰여 왔는지, 무슨 뜻이었는지 그 어원은 분명하지 않다. 분명한 것은 신에게 감사의 뜻으로 음식물을 바치며 액을 멀리하고 풍년이나 복을 기원하는 민간 신앙의 한 형태라는 것이다.

예로부터 고시레의 어원에 대해 전하는 이야기는 두어 가지가 있다. 그 가운데 재미있는 것은 단군조선 때의 '고시'에 대한 이야기다. '고시'는 곡식과 가축을 관장하던 인물인 '고시^{高氏, 高矢}'에서 유래했다고 한다. '고시'는 농사짓는 법을 널리 가르치고 백성들을 풍요롭게 먹이기 위해 많은 애를 써 성과를 거두었다고 한다. 그래서 사람들은 음식물을 대하면 먼저 고시에게 한술 밥을 떠 고마움을 표했다고 한다. 그것이 후대 풍습으로 이어져 고시에게 예를 표하는 것이라 해서 '고시레'가 되었다고 한다. 그래서 한자로 쓸 때도 '高矢氏禮^{고시레}'라고 쓴단다.

민간에 떠오는 이야기는 재미있지만 증명하기는 어렵다. 다만 '고시'가 곡식과 가축을 관장하던 신장^{神將}의 이름인 것은 분명하다. 그에게 감사를 표하고 액을 덜거나 복을 기원하는 주술인 것이 '고시레'라는 것도 분명하다.

'고시레'의 표준말은 '고수레'다. 고시레의 풍습은 전국에서 동일하게 이어져 왔고, '고시레, 고스레, 고수레, 고시레, 꼬시레, 퇴기시레' 따위의 여러 말로 쓰이고 있다. 이 가운데 서울, 경기지방에서 많이 쓰던 '고수레'만이 표준말로 인정되었다. 이리하여 '고시레'는 고수레의 충청말로 남게 되었다.

꼰장부리다와 꼬장부리다

사람들이 어울려 섞이다 보면 더러는 속되고 거친 말들이 오간다. 격의 없고 자연스레 돌아가는 사람들 속에는 속된 말이 한 자리를 차지한다. 그런 말 가운데 '꼬장부린다'란 말이 있다. 이 말은 표준국어사전에 실린 말이 아니다. 고급스럽거나 격식 있는 말이 아니어서 체면치레하는 곳에서는 쓰지 않는 말이다. 그렇지만 이 말을 모르는 사람은 많지 않다.

'꼬장부리다'는 말의 형태로 보아 '꼬장'에 '부리다'가 붙은 것이다. '부리다'는 누구나 많이 알고 쓰는 말이다. 당연하게 국어사전에 올라가 있는 표준어다. 문제는 '꼬장'이란 말이다. 어떤 이는 '심술'이라 풀이하기도 하고, 또 어떤 이는 '훼방'이라 풀이하기도 한다. '심술과 훼방'은 말의 흐름이나 문맥상 '꼬장'과 비슷한 뜻의 말이 된다. 그러나 말의 형태가 전혀 다르니 서로 다른 말일 수밖에 없다.

어릴 적 나는 '꼬장부린다'는 말을 거의 듣지 못했다. 어른들이 아주 가끔 썼던 기억이 있지만 나와 내 주변 사람들은 이 말을 거의 쓰지 않았다. 내가 나이를 먹고 어른이 된 뒤로 이 말을 쓰는 사람들이 늘어났다. 그래서 지금은 흔히 듣고 있지만 내 기억 속에 '꼬장부린다'는 충청도 말이 아니었다.

'꼬장부리다'의 충청말은 '꼰장부린다'이다. 충청도에서 이 말을 쓸 때는 '여럿이 어울리는 자리에서 어느 한 사람이 훼방을 놓거나, 억지를 부려 여러 사람을 괴롭히는 때'였다. 이렇게 보면 '꼰장'은 사람들에게 억지를 부리거나 훼방을 놓는 행위를 뜻하는 말이 된다.

"딱지가 분명히 넘어갔넌디 안 넘어갔다구 꼰장부리네."

"그 냥반이 술 체서 꼰장부리는 통이 잔칫집 분위기 다 망쳤유."

내 어릴 적 친구들은 그렇게 썼다. 어른들도 그렇게 썼다. 더러 이 말을 '꼬장부린다'라고 쓰는 사람들이 있었지만, 이는 그 사람들이 말을 잘못 쓰는 것으로 나는 이해했다.

어릴 적 동네 형들은 가끔 장치기 놀이를 했다. 내가 자란 동네는 워낙 산골이라 장치기를 할 만한 넓은 공간이 없었다. 장치기는 요즘 서양에서 들어와 유행하는 '하키'와 아주 비슷한 놀이였다. '장杖'은 지팡이처럼 생긴 막대기를 이르는 한자 말이다. 이 지팡이처럼 생긴 장을 들고 공을 치는 놀이가 장치기였다. 공은 보통 동그랗게 깎은 나무 공이었지만, 이것이 없을 때에는 나무토막이나 솔방울을 이용했다. 양편에 돌이나 나무기둥을 세워 골대를 정했다. 몇 사람이 편을 갈라 공을 쳐 골대에 맞추거나 골문에 넣으면 득점이 되는 방식이다.

　하키의 스틱처럼 장이 좋으면 공을 몰고 다니거나 패스하기에 좋았다. 그렇지만 산골 동네에 그리 좋은 지팡이 막대기가 있을 리 없었다. 여럿이 모여 장치기를 할 만한 공간도 없었다. 형들은 동네 마당을 중심으로 동네길 끝에 골대를 세워놓고 장치기를 했다. 사람이 적으면 두 사람이 마주 서서 맞장을 뜨기도 했다. 산골의 공간은 언제나 들판이나 산이다. 겨울철이면 나무꾼들이 산을 오갔다. 나뭇짐을 지고 내려오는 도중 겨울 밭이나 빈 논에 들어가 한바탕 장치기를 하기도 했다. 작대기를 거꾸로 치켜들고 솔방울을 주워다 한바탕 들판을 뛰었다.

　편을 갈라 여럿이 하는 장치기에서는 험악한 모습이 연출되기도 했다. 휘두르는 상대의 장에 얻어맞기도 하였고, 공을 몰고 나가는 상대의 발목을 장으로 걸어 넘어뜨리기도 했다. 장을 들고 서로 다투기도 해서 더러는 다치는 사람도 나왔다. 예전에는 장치기 대회가 마을마다 열리기도 했단다. 그럴 때면 부상자가 생기는 일이 다반사였다고 한다. 이런 위험 때문에 장치기에는 나름대로의 규칙이 있었다. 그 가운데 가장 큰 반칙이 '꼰장'이다. 꼰장은 상대의 머리 위로 장을 치켜세우는 행위를 말한다. 장을 들어 올리면 그 장에 상대가 다칠 수 있기 때문에 엄한 페널티가 가해졌다. 꼰장은 장치기에서 해서는 안 되는 금기 행위였다.

충청도에서 '꼰장'이란 말은 대략 세 가지 뜻으로 쓰였다. 본래 꼰장은 '장치기에서 장을 높이 쳐드는 짓'이다. 위험한 반칙이다. 둘째는 '쟤는 뻑허믄 꼰장을 부리닝께 우덜찌리만 놀자.'처럼 '훼방이나 억지를 부리는 짓'을 뜻한다. 셋째는 '넌 미서워서 저 낭구 꼰장까장은 올러가지 못헐 걸?'처럼 '긴 막대기의 맨 끝이나, 사물의 맨 꼭대기'의 뜻이다. 둘째와 셋째는 본래의 뜻이 확장되어 쓰이는 경우다. 그런데 민속놀이 장치기가 사라져가면서 본래의 뜻이 사라져 버리고, 이제는 장치기와 꼰장을 기억하는 이가 사라지고 있다. 다만 꼰장이란 말만 남아 있다가 다른 뜻으로 전이되어 쓰이고 있는 것이다.

'꼬장부린다'를 예전엔 '꼰장부린다'라고 썼다. 그러다가 언제부턴가 '꼰장부린다'가 사라졌다. '꼬장부린다'는 의미나 형태가 비슷한 것으로 보아 '꼰-'에서 'ㄴ'이 떨어져 나간 것이라 본다.

그리고 '꼰장'의 '꼰'이 무슨 말에서 나온 것인지도 분명하지 않다. 다만 서로 지혜를 모으고 옛말을 찾아가면 '꼰'도 살려낼 수 있을 것이다. 충청도에서는 물구나무를 '꼰두서기'라 한다. 사물이나 몸을 거꾸로 세우거나 거꾸로 쓰러지는 것을 '꼰두'라 한다. 분명하지는 않지만 이 '꼰장'의 '꼰-'은 이 '꼰두筋斗'의 '꼰-'과 연관성이 있을 것 같다.

남의 일에 끼어들어 심술을 부리거나, 여러 사람의 놀이에 훼방을 놓는 꼰장부림! 그런 사람들을 반성하며, '꼰장'과 '꼬장' 같은 우리말들이 국어사전에 올라 널리 살아 숨 쉬는 이 땅을 생각한다.

호랑과 호주머니

설이 되면 어머닌 다식茶食을 만들곤 했다. 콩가루와 쌀가루, 송홧가루로 만든 다식은 일품이었다. 나는 어머니 곁에 붙어 있다가 만들어 놓은 다식을 호주머니에 집어넣고는 슬그머니 일어선다. 어머니가 짐짓 묻는다.

"뭘 잔뜩 집어늦걸래 호랑이 불룩헌 겨?"

"내가 호랑이다 집어늫긴 뭘 집어늦다구 그런냐?"

나는 호주머니를 손으로 가리며 밖으로 뛰어나왔다.

요즘에는 호주머니가 달려 있지 않은 옷이 없다. 그런데 누군가 말했다. 배내옷과 수의壽衣에는 호주머니가 없다고. 호주머니는 무엇인가를 소유하려는 욕심을 뜻하는 것이라고. 빈손으로 왔다가 빈손으로 가는 것처럼 욕심을 비우면 더 나은 세상이 될 것이라고. 그의 말처럼 사람들이 물질이든 권력이든 욕심들을 조금씩 놓는다면 어쩌면 더 나은 세상이 될 성싶기도 하다.

우리의 선조들은 옷에 호주머니를 달지 않았다. 웃옷에도 바지나 치마에도 호주머니란 것이 없었다. 이렇게 말하면, 우리 선조들은 참 욕심들이 없었나 보다 하고 생각할 수도 있겠다. 그러나 우리 선조들은 호주머니가 아닌 다른 욕심 그릇을 차고 다녔다. 우리 선조들은 웃옷 저고리 속이나, 바지, 치마 속에 주머니를 달고 다닌 것이다. 흔히 각낭角囊이나 염낭으로 불리는 '귀주머니'나 '두루주머니'가 그것이다. 귀주머니각낭는 네모지게 만들어진 주머니로 아래쪽에 귀가 나오게 한 주머니고, 두루주머니염낭는 우리들이 흔히 보아온 주머니다. 아랫부분이 둥글고, 위쪽 아가리에 잔주름을 잡고 두 끈으로 여닫게 만들어진 작은 주머니가 두루주머니다.

우리 선조들은 옷에 주머니를 달지 않는 대신 딴 주머니를 차고 다닌 것이다. 이 주머니 속에는 생활에 필요한 소지품을 넣고 다녔다. 여자들은 손거울이나 화장품이나 패물 따위가, 남자들에게는 돈염전이나 담배 따위가 들어 있었다.

물론 조선시대 후기엔 옷에 헝겊이나 천을 덧대 주머니를 만들어 쓴 선조들도 있긴 했다. 주로 상인들로, 몸에 지닐 물건이 많아서 필요에 따라 주머니를 옷에 달기는 했단다. 그러나 일반 사람들은 대개 주머니가 없는 옷을 입었다. 그러다가 조선시대 말기에 호주머니를 다는 옷이 유행을 탔다. 외국인의 왕래가 많아지면서 호주머니 달린 옷을 자주 접하게 되었고, 따로 주머니를 차는 것보다는 옷에 주머니를 다는 것이 훨씬 실용성이 컸기 때문이었다. 개화기 이후 양복이 들어왔고, 우리의 모든 옷에 주머니가 달리기 시작한 것이다.

'호주머니'는 '되놈들의 주머니'라는 뜻이다. 되족胡族은 만주족이니, '되놈, 떼놈' 따위는 청나라 사람이나 중국 사람을 낮잡아 일컫는 말이다. 옛날 만주 사람들은 옷에 여러 개의 주머니를 붙이고 필요한 생활품을 넣고 다녔다고 한다. 그래서 우리 선조들은 그것을 일컬어 '호주머니胡-'이라 한 것이다. 그런데 우리 충청지방과 전라지방에서는 만주 사람을 뜻하는 '호胡'에 주머니를 뜻하는 한자 '낭囊'을 붙여 '호낭'이라 했다. 지금 나이 드신 사람들이 쓰는 '호랑'은 '호낭'이 변한 것이다. 결국 호주머니나 호랑은 같은 말인데, 서울에도 있고 지방에도 있는 같은 뜻의 말은 서울말만을 표준말로 정한다는 원칙에 따라 호랑은 사투리가 되었다.

표준말은 사회의 통합을 위해 정하는 것이지, 표준말이 사투리에 비해 과학적이거나 수준이 높아서 정해지는 것은 아니다. 사회 통합이라는 것은 명분도 실질도 참 좋은 것이다. 그러나 죄도 없이 푸대접을 받거나 쫓겨나야 하는 사투리는 억울하다. 지역 말은 그 지역 사람들의 문화와 역사가 살아 숨 쉬는 시공간의 영역이다. 표준어가 소중한 만큼 사투리도 소중히 다루어질 때 전국 모든 지역의 문화와 역사가 싱그럽고 풍성해진다.

달마루를 바라보며

"애비야! 달마루 떴다. 비올래
나 비다."

"엄니, 달마루유? 와아, 진짜네!"

지난 봄밤이었다. 밖에 나갔던 장모님이 하늘을 소리쳤다. 부리
나케 뛰어나갔다. 가운데 하늘에 달이 떴다. 주위 구름을 이어가며
희미한 무지개가 동그랗다. 그날 밤의 달마루는 내게 특별했다. 달
을 두른 테는 예쁠 만큼 선명하지는 않지만, 그것은 익숙했던 서
울 달무리가 아니었다. 장모님이 불러 주는, 참 오랜만에 올려다보
는 충청도 달마루인 까닭이다.

내 기억 속에는 선명한 두 개의 달마루가 있다. 아니 달무리다. 내 기억에 달마루는 없다. 어릴 적 어른들은 달마루라 했지만, 나는 자라고 어른이 되는 동안 달마루라 말한 적이 없다. 그래서 내 기억 속의 하얀 동그라미는 달무리다.

고등학교에 다니던 여름밤에도 달은 떴다. 여름밤의 하늘은 높고 달은 밝았다. 그런 달밤이면 마당에 멍석이 깔렸다. 멍석 위에는 무더위에 지친 몸뚱이 몇이 주저앉거나 눕고, 그 사이로 두런두런 이야기를 뿌리며 밤바람이 일었다. 멍석 주변에는 꼴풀 한 줌이 모깃불로 타올랐다. 아이들이 뒤척이는 부지깽이에 놀란 연기는 매캐하게 몸을 흔들며 날아올라 구름이 되었다.

"저런, 내일 비가 오겠네."

아버지가 하늘을 올려다보았다. 나도 따라 하늘을 보았다. 눈이 부셨다. 하늘 가운데 무지개가 떠 있었다. 달은 무지개 쟁반 위에 담겨 있었다. 오색 빛으로 찬란한 쟁반 속에는 구름들이 하얗게 수놓아져 있고, 노란 보름달이 파랗게 빛나고 있었다. 달이 그토록 푸르고 붉게 빛날 수 있다는 것을 처음 알았다. 달빛에 반사된 구름들이 검푸른 하늘바다에 하얗게 반짝이고, 그 빛나는 구름을 배경으로 일곱 빛깔 무지개가 붉고 푸른 광채를 발사하고 있었다.

"저게 뭐래유?"

"이, 달마루여."

"달마루?"

내 반문에 누군가가 대답했다.

"이, 그 느덜 책이서는 달무리라구 허넌 겨."

이름 없는 사물은 쉬이 사라진다. 보아도 기억에 남지 않는다. 충청말 달마루를 배우지 못한 나에게 그것은 밤하늘에 뜬 무지개다. 이름을 모르니 기억의 창고에 오래 저장되지 않는다. 나는 학교에 가서야 달무리란 말을 배웠다. 그 달무리와 충청도의 달마루가 같은 것인 줄을 몰랐다. 밤하늘에 뜬 무지개가 달무리란 걸 몰랐다. 달무리란 말만 알고 실체를 모르니, 나는 달무리를 보고도 보지 못한 것이다.

고등학교 시절의 그 여름밤, 나는 처음으로 달무리를 보았다. 달무리란 말과 하늘 무지개를 하나로 일치시킬 수 있었기 때문이었다. 그리고 달무리가 그토록 아름다운 색채란 걸 처음 알았다. 비 온 뒤 동쪽 하늘을 수놓는 무지개가 반원을 그린다면, 완전히 동그란 무지개가 밤하늘에 뜰 수 있다는 것도 그날 처음 알았다.

그 밤의 감동은 달무리란 언어와 함께 내 기억으로 굳건히 자리했다. 나는 달이 뜨는 밤이면 하늘을 올려다보곤 했다. 밤하늘에 환상처럼 날아오르는 무지개의 날개를 찾아다녔다. 그리고 얼마 지나지 않아 나는 다시 달무리를 만날 수 있었다.

그 밤의 달무리는 하얀 구름 띠였다. 서쪽 산으로 기울어가는 하늘 위로 가늘고 긴 구름 테가 먼발치에서 달을 감싸고 있었다. 달빛은 힘을 잃고 구름 테에 무지개를 펼쳐내지 못하고 있었다. 그것은 이전과는 다른 달무리였다. 달무리가 달에서 멀어지면 무지개가 되지 못한다는 사실을 그때 알았다. 그 뒤로도 나는 달무리를 찾아

밤하늘을 헤매었지만 그때보다 선명한 달무리를 오래도록 보지 못했다.

올여름은 너무 덥다. 보통 장마는 7월이 끝날 즈음에야 멎었다. 그런데 올해는 7월이 열리자 끝나 버렸다. 예년에 비해 두 배는 길어진 여름 햇살이 아스팔트를 달구고 내 몸을 달구다가 이젠 마음속까지 땀방울로 채웠다. 홧홧 달아오르는 여름밤을 달래려 밖으로 걸음을 옮겼다. 그늘나무 벤치에 밤이 흘렀다. 눈길을 돌리는 동편 하늘에 달이 떴다. 달 주위에 하얀 구름들이 서성거렸다. 그러다가 문득 무지개가 떴다.

그것은 어릴 적에 익혔던 서울말 달무리가 아니라 충청도의 달마루였다.

어른이 된 뒤로 나는 오랫동안 달마루를 찾아다녔다. 달무리를 기억하는 동안 잃어버린 충청도의 내 말을 찾아다녔다. 달마루를 찾아 인터넷을 뒤지고 사람들을 찾아다녔다. 그리고 최근에야 달무리의 내 말 달마루를 가슴에 담아낼 수 있었다. 그리고 장모님의 입에서 터져나온 달마루와 충청도 하늘에 떠 있는 달마루를 하나로 엮어낼 수 있었다.

달은 하늘 가운데로 흐르면서 오색 무지개를 뿌리다 말다를 반복했다. 여름 하늘을 수놓은 하얀 구름을 뚫고 나올 때마다 달은 하늘을 밝혔다. 무더위를 식혀줄 한 줄금 소나기가 내렸으면. 기억 속의 달무리보다 더 선명한 달마루가 피어났으면. 나는 오래도록 오색의 무지개를 기다렸다. 그러나 달빛은 둥그런 테를 다 만들지 못했다. 구름에 반사된 여름밤의 달빛은 저리도 시원한데, 끝내 둥근 무지개를 보여주지 못하고 달빛은 서쪽으로 기울어 갔다.

사투리와 추억

　　　　　　　　　　세월은 주관적이다. 돌아보면
세상 이치는 변하지 않는다. 낮과 밤이 변하여 하루가 되고, 보름달
이 떴다 져 한 달이 된다. 달에 따라 이루어진 계절은 순환하여 해가
바뀐다.

　세월은 현재에서 미래로 그렇게 흘러가는 것, 그러나 이렇게 정연
한 자연의 이치도 우리 삶 속에 들어오면 주관화된다. 무언가를 애타
게 기다리는 사람에게는 느리게 다가오고, 쫓기는 사람에게는 폭풍
처럼 휘몰아가는 것이 세월이다. 아이는 빨리 자라나 언니가 되고 형
이 되고 싶다. 몇 밤이나 지나면 그리 될까, 손가락을 꼽으며 잠이 든
다. 청소년은 빨리 어른이 될 날을 준비한다. 자신의 삶을 스스로 꾸

러나가는 날을 설계하며 공부를 하고 사랑을 한다. 그러다가 문득 어른이 되면 시간이 여유롭게 흘러가기를 우리는 생각한다.

　세월은 변화다. 해가 뜨고 달이 지고, 계절이 뜨고 지는 이치는 변하지 않는다. 그러나 세월이 순환의 고리를 되풀이하는 동안 세상은 변한다. 해가 바뀌면 차가운 눈발 속에 초록이 자란다. 2월 벚나무 끝에 물이 오르고 거친 겨울나무 위로 윤기가 흐른다. 그 윤기 사이로 붉고 흰 벚꽃이 피어나고, 문득 뒤돌아보면 6월의 녹음 아래 열매들이 검은 몸뚱이를 궁굴린다. 엊그제 벗어놓은 겨울 외투가 옷걸이에 그대로 남았는데 여름 바다가 그립고, 그 시원하던 파도 소리 속으로 단풍이 진다.

　세월이 참 빠르다. 세월의 속도로 세상이 변하고, 말도 세상을 따라 변한다. 해와 달이 뜨고 지는 것처럼, 말은 날마다 달마다 옷을 갈아입는다. 그러나 우리는 느끼지 못한다. 우리가 날마다 쓰는 말은 그 변화가 금세 느껴지지 않기 때문이다. 오랜만에 만난 친구의 엄마는 부쩍 주름이 늘고 허리가 굽었는데, 날마다 바라보는 내 엄마는 늘 같은 엄마로 보인다. 친구 아버지가 늙어가는 것은 잘 보이는데, 내 아버지 늙어가는 것은 느껴지지 않는다. 십 년이면 강산이 변한다 했는데, 내 주변은 10년이 지나도 변한 것이 없어 보인다. 그러나 긴

세월을 재단해 보면 세상의 변화가 보인다. 20~30년 전의 내 모습과 지금의 나를 돌아보면 세월은 빠르고, 세상은 감당할 수 없을 정도로 변해 있음을 실감하게 된다.

세월은 망각이다. 우리는 날마다 달마다 새로워지는 문명을 따라 잡기 위해 안간힘을 쏟는다. 운전면허를 따야 하고, 컴퓨터를 배워야 하고, 핸드폰의 기능을 외워야 한다. 변화하는 세상에 뒤처지지 않기 위한 우리의 몸부림은 처절하다. 옆을 돌아볼 겨를이 없고 뒤돌아볼 여유가 없다.

세월에 떠밀리고 세상에 쫓기다 지친 뒤에서야 우리는 뛰기를 멈추고 세월의 거울을 본다. 미래의 거울은 겨울이다. 여생의 설계와 실천은 아득하고 남은 계절은 흐리고 차갑다. 현재의 거울은 가을이다. 현재의 거울 속에는 머리숱이 빠져 공허해진 이마와 주름진 얼굴이 보이고, 패인 주름골마다 세월의 꽃잎들이 낙엽처럼 말라붙어 있다. 과거의 거울은 봄이고 여름이다. 그 거울 속에는 아쉽고 그리운 것들로 가득하다. 어릴 적 모습이 오롯이 싱그럽고, 젊은 날의 풋풋한 사랑과 도전과 실수들이 사무치게 살아 숨 쉬고 있다. 앞만 보고 달리다가 놓아버린 꿈들, 세상에 쫓기다가 거두지 못한 꽃잎들이 눈물처럼 피어난다.

돌아보면 우리는 너무 많은 것을 잊으며 살아간다. 그것이 소중한 것임을 생각하지 못하다가 먼 훗날 안타까워한다. 사투리도 그러하다. 학교에 다니며 우리는 어머니와 아버지, 할머니와 할아버지가 가르쳐준 사투리를 버렸다. 아버지의 저범과 수깔을 밥상머리에서 치워 버렸다. 짠지와 싱건지를 버리고 김장김치와 나박김치를 상에 올린다.

지난날의 세상은 사투리를 버리도록 강요하였다. 자징거를 타고 핵겨를 댕기믄 웃음거리가 되고, 자전거를 타고 학교를 다녀야 안심이 되었다. 담배락에 한껏 머리를 박고 날아오르던 말뚝박기의 그 거칠음! 우리는 그 말이 부끄러워 슬그머니 말타기 놀이로 바꿔 놓았다.

아니, 표준말을 익히면서 스스로 버린 말도 많았지만 사실은 잊어버린 것이 더 많았다. 표준어를 익히면서도 우리는 할머니와 할아버지, 어머니와 아버지의 삶이 녹아든 내 사투리를 버릴 생각은 없었다. 필요에 따라 표준어를 배우고 썼지만 내 삶의 뿌리까지 버릴 생각은 없었다. 그러나 수십 년 표준어를 하나둘 늘려 써가는 동안, 궤짝 속에 꼭꼭 쟁여두었던 내 사투리엔 곰팡이가 피어갔다.

힘이 넘치는 젊은 날엔 내 의지로 달려보기도 하지만, 달리다 보

면 맘대로 멈출 수 없는 것이 인생이다. 그것은 의지가 아니라 세월에 쫓기고 세상에 쫓기고 있음의 반증이다. 숨이 턱턱 차오르고 다리가 휘청 무너질 즈음에야 우리는 생각한다. 달리고 뛰는 삶으로는 채워지지 않는 목마름, 뛰다가 놓친 젊은 시절의 풋풋한 사랑과 우정, 맘 놓고 뛰어다니던 유년의 고향과 떠나보낸 사람들. 잠시 눈 감으면 어릴 적 고향집이 선하고, 멱 감고 첨벙이던 냇갈이 달려오고, 미루나무 사이로 구부러진 동네길이 흐른다.

거울 속에 비춰지는 그리움, 영상으로 흐르는 기억을 우리는 추억이라 부른다. 추억은 늘 과거형이다. 현재의 거울에 나타나는 일들은 추억이 아니고, 과거에 있었던 경험들이 모여 추억이 된다. 그래서 추억은 늘 아쉽고 그립다.

젊은이는 꿈을 먹고 살고, 나이 든 이는 추억을 먹으며 산다 했다. 나이가 들수록 추억은 밥이 되고 기쁨이 된다. 그런데 추억은 내 말이 살아 있을 때만 되돌릴 수 있다. 내 말이 사라지면 추억도 사라진다. 사람의 기억은 말이라는 매체를 통해 저장되기 때문이다. 사랑하는 이를 떠올리려면 먼저 사랑하는 이의 이름을 기억해야 한다. '내 스무 살의 그는 누구였지? 아, 아랫동네에 사는 누구였어.' 이렇게 이름을 기억해 낸 다음에야 옛 아랫동네의 모습이 떠오르고, 사랑하던 이와 함께 했던 경험들이 진한 영상으로 흘러가는 법이다. '너 예전에 나랑 시내에서 수영하다가 알몸으로 남의 과일 훔쳐 먹은 일 생각나니?'라고 묻기보다는 '너 이전이 말여. 나랑 갱굴이서 멱 감다가 빨개벗구 참외서리허던 일 생각나냐?'라고 물을 때 추억은 더 선명하게 떠오른다.

사투리가 중요하고, 내 고향 말이 중요한 것은 지난 내 삶이 거기 들어있기 때문이다. 내가 내 말을 버린 만큼 추억은 기억 속에서 지워지고, 내가 내 말을 잃어버린 만큼 내 삶은 세상에서 지워진다. 세월은 참 빠르게 흐르고, 그 세월 속에 우리는 내 말을 너무 잊었다. 아니, 내 삶을 내 추억을 참 많이도 지워 버렸다.